K INK INK INK INK INK INK
INK INK INK INK INK INK IN
K INK INK INK INK INK INK
INK INK INK INK INK INK IN
K INK INK INK INK INK INK
INK INK INK INK INK INK IN
K INK INK INK INK INK INK
INK INK INK INK INK INK IN
K INK INK INK INK INK INK
INK INK INK INK INK INK IN
K INK INK INK INK INK INK
INK INK INK INK INK INK IN
K INK INK INK INK INK INK
INK INK INK INK INK INK IN
K INK INK INK INK INK INK
INK INK INK INK INK INK IN
K INK INK INK INK INK INK
INK INK INK INK INK INK IN
K INK INK INK INK INK INK
INK INK INK INK INK INK IN
K INK INK INK INK INK INK
INK INK INK INK INK INK IN
K INK INK INK INK INK INK
INK INK INK INK INK INK IN
K INK INK INK INK INK INK

NK INK INK INK INK INK INK
INK INK INK INK INK INK IN
NK INK INK INK INK INK INK
INK INK INK INK INK INK IN
NK INK INK INK INK INK INK
INK INK INK INK INK INK IN
NK INK INK INK INK INK INK
INK INK INK INK INK INK IN
NK INK INK INK INK INK INK
INK INK INK INK INK INK IN
NK INK INK INK INK INK INK
INK INK INK INK INK INK IN
NK INK INK INK INK INK INK
INK INK INK INK INK INK IN
NK INK INK INK INK INK INK
INK INK INK INK INK INK IN
NK INK INK INK INK INK INK
INK INK INK INK INK INK IN
NK INK INK INK INK INK INK
INK INK INK INK INK INK IN
NK INK INK INK INK INK INK
INK INK INK INK INK INK IN
NK INK INK INK INK INK INK
INK INK INK INK INK INK IN
NK INK INK INK INK INK INK

K INK INK INK INK INK INK
INK INK INK INK INK INK IN
K INK INK INK INK INK INK
INK INK INK INK INK INK IN
K INK INK INK INK INK INK
INK INK INK INK INK INK IN
K INK INK INK INK INK INK
INK INK INK INK INK INK IN
K INK INK INK INK INK INK
INK INK INK INK INK INK IN
K INK INK INK INK INK INK
INK INK INK INK INK INK IN
K INK INK INK INK INK INK
INK INK INK INK INK INK IN
K INK INK INK INK INK INK
INK INK INK INK INK INK IN
K INK INK INK INK INK INK
INK INK INK INK INK INK IN
K INK INK INK INK INK INK
INK INK INK INK INK INK IN
K INK INK INK INK INK INK
INK INK INK INK INK INK IN
K INK INK INK INK INK INK
INK INK INK INK INK INK IN

經商社匯
17

解讀中國的未來

首爾新聞特別採訪小組・編著
盧鴻金・譯

目次

第二部 「以中國爲中心的世界」是否會到來 141

第三部　尋求雙贏戰略　231

序

中國的高速成長還將持續多久？中國是否還能成爲韓國的朋友？在二十一世紀的世界舞台上，無論在經濟、外交或軍事等方面均得到高速發展的新中國，到底是韓國的威脅因素？還是機會？

爲了解除這些疑惑，首爾新聞在二〇〇四年派遣了大規模的採訪小組到中國，本書就是利用這些現場採訪資料編輯而成的。這本書也可以說是韓國與中國爲了在二十一世紀尋找到能夠互惠互利的道路，而對新中國進行了深度解剖的書籍。

在本書的企劃階段，大家曾經對於兩個問題達成共識。第一個就是需要進行有深度的採訪，亦即需要超過一般性訪談的水準、具有綜合性和深度的中國採訪紀實。事實上，僅派遣一、兩名採訪人員到中國，對一些相關人士進行幾個小時的採訪，並在取材現場轉上一兩圈，是不可能跨越語言、習俗、文化的障礙，讀懂這些中國人的眞正心理。因此，首爾新聞依據經濟、產業、國防、科技等採訪類別，分別派遣了七位專家，協助採訪小組進行有針對性的採訪。這些人在自己的領域中至少擁有十年、甚至二十年以上的經驗，並都曾經在中國針對自己的領域進行過深入研究的「中國專家」。每個領域的採訪小組都由一名記者和一名專家組成，一共分爲七個小組。爲了得到最準確的資訊，採訪小組們幾乎走遍了整個中國，歷經千辛萬苦完成了自己的採訪任務，並以這些基礎資料共同撰寫了這本書。

而另一個共識就是必須用客觀的眼光去看待中國的各個方面。以前，我們一提到對中國的理解，就會使用一個成語叫作「瞎子摸象」。中國不僅擁有比任何一個國家都多的十三億人口，而且還擁有龐大複雜的社會體系。因此，爲了避免採訪小組以「韓國式眼光」片面地理解中國，採訪小組必須以公正客觀的態度進行採訪。至今爲止，在中、韓兩國建交的十二年中，已經產生了不可勝數的關於中國的新聞報導以及出版品，但是其中相當大的一部分由於受到了韓國式眼光的局限，使得許多韓國人的思想充滿了被扭曲的「中國觀」。因此，爲了使採訪達到公正客觀的目的，首爾新聞邀請隸屬於中國社會科學院之下的世界經濟與政治研究所共同合作，在最大限度上協助這本書完成企劃和採訪上的工作。中國社會科學院與我們不同，他們是屬於國家政府機關，在該處工作的研究員也都是國家公務員的身分。社會科學院至今還未有過與外國的報社合作出書的先例。根據雙方的協商結果，隸屬於社會科學院的研究人員都必須參與企劃作業，三十多名中國學者以撰稿或訪談的形式，正確地向採訪小組說明了中國的眞實現狀，並闡述了中國對二十一世紀的未來展望。而向來對外國輿論「敬而遠之」的中國政府，之所以對韓國的大規模採訪小組在採訪簽證的批准和採訪活動的支援上提供大力協助，也與社會科學院的積極活動有著直接關係。

在第一部「解剖新中國」中，我們在政治、經濟、社會、文化等多個角度進行採訪，詳細介紹了已爲世界所矚目的中國現狀。在第二部「Pax Sinica（以中國爲中心的世界）是否會到來」中，則主要對中國與世界的另一個軸心——美國，在朝鮮半島將會行使怎樣的影響力進行了分析。而在第三部「尋求雙贏戰略」中，則對中、韓兩國將如何共同創造繁榮和平的未來，進行了分析與展望。我們衷心希望這本書能夠使韓國人民更加清晰、準確地理解新中國，從而與中國建立起能夠持續發展的雙贏關係。

在這本書的撰寫過程中，經歷了無數的困難。在這裡，首先向所有參與本書企劃、採訪、編輯的採訪小組記者和專業人士們，以及提供了大量寶貴資料的中國學者們，表示衷心的感謝。特別是在與中國社會科學院達成共同企劃協定的過程中給予大力幫助，並積極幫助解決了採訪簽證和與中方的聯絡等難題的首爾新聞北京特派員，以及在企劃階段提供大量寶貴意見的產業研究院李文亨博士，如果沒有這些人士的無私奉獻，這本書很難如此順利地與讀者見面。另外，直接訪問韓國與首爾新聞，並簽署了共同企劃協定的社會科學院世界經濟與政治研究所所長余永定先生，參加座談的亞洲大學碩座教授鄭宗旭先生，爲本書的編撰工作給予大力支持的POSCO，和爲協助本書出版的日光出版社社長李成宇先生，以及所有爲本書的誕生做出幫助和努力的人們表示感謝。

首爾新聞首席副社長廉周永

第一部 解剖新中國

一・並不存在的「中國衝擊」

中國，緊縮中的繁榮「好好好」

在中國政府果斷地宣布緊縮政策的同時，韓國的經濟也隨之發生了不小的動盪。「如果韓國最大的出口市場——中國的經濟也由於緊縮而陷入不景氣的話，那麼我們在內需市場持續不振的前提下，是否連唯一的生存之路——出口也會被堵死？」具有這種悲觀心理的人並非少數。那麼，到底會不會出現這種局面呢？我們採訪小組決定從中國的最底層經濟開始尋找答案。

首先，我們來到了被稱爲「北京矽谷」的中關村。雖然並非例假日，但是這裡的電子商街仍然人山人海，連前行也覺得吃力。展示台上擺滿了數位照相機、手機、手提式電腦、LCD和MP3等尖端電子產品。這種景象幾乎讓人誤以爲來到了韓國首爾的龍山電子商城，或是日本東京的秋葉原電子商城，只是顧客們討價還價的模樣略有不同而已。

在兩年前還被擺在展示台最前方的韓國電子產品，大部分已經失去了蹤影。取而代之的則是中國當地生產的電子產品。在我們費力繞了幾圈之後，才勉強找到韓國三星的Anycall手機，中國企業技術力的發展速度眞是令人瞠目結舌。

這裡是北京的王府井大街。寬闊的步行專用街道，是首爾明洞的三倍左右。雖然是白天，但仍熙熙攘攘地擠滿了前來購物的人群。而在道路兩邊新開的百貨公司和店裡，也都擠滿了人。我們隨便選了一家，進去體驗了一下。店內的裝潢看上去並不華麗，但是陳列商品的價格卻貴得驚人。

在一家專賣男、女服飾的服裝店內，幾乎每一套衣服的價格都在九百美元以上，並且都是一些高級的進口服裝。如果還帶著「十美元的領帶應該遍地都是吧？畢竟這裡是中國嘛！」這種想法的話，那麼就大錯特錯了。

甚至於讓我們感覺到「北京中產階層的消費水準可能還略微高於首爾的江南一帶（韓國有名的高消費區）」。特別是當我們在上下班尖峰時間，切身體會二環路（以天安門廣場爲中心，在周邊修建的四條循環道路中的第二條環形公路）的交通阻塞之後，更加堅定了我們的這種想法。

在上海地區，二〇〇四年的大學畢業生的平均就業率超過了七〇%。上海名校——復旦大學歷史系的孫科志教授說：「由於各個企業對復旦大學的信賴度極高，因此除了出國留學和考研究所的以外，不管專業爲何，就業率都能達到百分之百。」他還說：「由於中國的企業逐漸認識到人才的重要性，因此對於人才的競爭也日趨激烈。一個學生在十幾個企業當中選擇一個自己滿意的工作是很平常的事情。」這種樂觀的就業形勢與大學生就業困難的韓國相比，簡直是天壤之別。

大學生在國內企業就職時，起薪一般在三百至三百六十美元左右，而在外資企業就職的話，最高能夠達到一千一百美元左右。孫教授還說：「除了房價上升速度過快以外，現在的年輕人在經濟方面幾乎沒有什麼困難。」

採訪小組走了許多地方，但是無論走到哪裡，都沒有感受到經濟緊縮帶來的負面陰影。我們不得不承認「中國人在經濟緊縮當中享受著生活」。

採訪小組爲了聽取中國政府相關人士的專業說明，訪問了相當於韓國財政經濟部的國家發展改革委員會。

產業發展研究所的王岳平主任以「穩健的緊縮」爲我們解答了疑問。他說：「緊縮是必要的。但是我們絕不會運用過去計劃經濟時代曾使用過的強制性方法或政策。」這句話也包含了「避免急遽的經濟緊縮」的意思。

李金平副處長展望道：「現在的狀況仍然存在一些問題，這些也是事實。但是這也是正常的經濟變動的過程。在未來二〇〇六年到二〇〇八年間，收入不平衡的現象將會得到很大的解決。」這也意味著中國政府並未把收入不平衡看作非常嚴峻的問題。

現在在中國的房地產、汽車、石油化工等領域中，由於地方政府之間的競爭，正發生嚴重的過剩、重複投資現象。如果想要解決電力供應困難的問題，並使原料價格得到穩定，中央政府應該馬上對於地方政府的投資做出正確的調整。但問題在於地方政府並非百分百地服從中央政府下達的命令。

不動產市場的緊縮影響

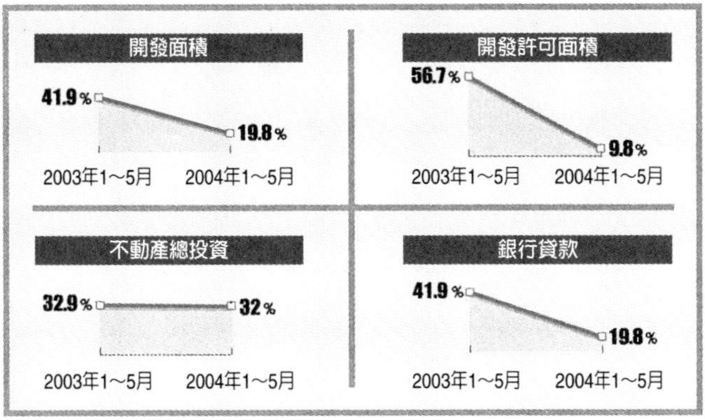

王主任斷言：「即便如此，中央政府為了使地方政府服從命令，也不會選擇使用強制性的調整措施。」這意味著即使多花一些時間，中央政府也會選擇以市場親和的方式，來說服地方政府，以達到解決問題的目的。

社會科學院持續可能發展研究中心的潘家華副主任提出了根本性問題。他說：「中國在一九八〇年改革開放以來的二十年間，以年均九．五%的速度迅速成長。而中國經濟的長期目標則是，至二〇二〇年為止，經濟成長速度達到年均七．二%。」而在經濟發展過程中，最大的制約條件則是水、能源與環境等三項問題。因此他指出，「對於中國而言，七％的增長速度仍然算不上高成長率。」

這段話可引伸爲：中國政府雖然施行緊縮政策，但是經濟成長率最少仍將維持七％，這也說明中國政府不會允許經濟成長率跌落於七％這個底線以下。

上海浦東新區的夜景繁華而美麗。在改革開放還未經過一代人的時間內，中國人已經在長江口建設起了一座嶄新的「東方的曼哈頓」。現在的上海市內，三十層以上的高層建築物已經超過四千座。中國政府爲了阻止這種持續的經濟過熱現象，已經中斷了與房地產相關的借貸。但是，高層建築計劃仍然以每天一．五座左右的速度進入上海市內。百貨、商場、大型超市的數量甚至超過了北京。雖然政府不斷地推出緊縮政策，但是在實務經濟中，找不到半點受到緊縮政策影響的跡象。

雖然在二〇〇四年五月，溫家寶總理宣布了提高銀行利息的決定。但是，中國經濟仍然持續著往日的繁華。相反的，在韓國則發生了一段時期內的股價下跌，利息、匯率動搖等奇特現象。對此，**KOTRA**（大韓貿易投資振興公社）中國支社社長李宗日先生用一句話評論：「沒有常識。」他說：「這都是因爲不瞭解中國的實際狀況而產生的過敏反應。韓國不應該僅憑國內輿論的幾篇報導，就嚇得渾身發抖，失去了應有的判斷力。即使實行了緊縮政策，但中國經濟絕對不會因此就急遽後退，更不會從此一蹶不振。」

二·席捲美國的Made in China

佔據美國汽車零配件市場的三〇%

美國現在已經被Made in China全面佔領。無論走到哪個地區、哪個商場，都能看到大量中國製造的產品。即使是一些外表貼著日本新力或美國奇異商標的產品，在它們的底部都清晰地印著「中國（China）」的字樣。中國製造的產品不僅停留在服裝、玩具、鞋類、文具等，並從家電產品向手機、汽車、電腦、航空等尖端領域日益擴張。

雖然中國的半導體技術仍然落後於韓國、日本和美國，但是相關人士認爲，這種技術差距正在日趨縮小。從企業的角度來看，「中國威脅論」的確是客觀存在的，但是對於美國消費者來說，反而是一件好事。

穿透美國的尖端企業市場

據摩根士丹利公司透露，美國的汽車公司——福特爲了撙節費用，自二〇〇三年起，從中國陸續進口了相當於四億美元的汽車零配件。美國通用汽車公司由於將汽車收音機全部換成了中國製造的產品，從而減少了近四〇%的費用支出。而以航空業巨頭——波音公司爲首的諸多跨國企業，例如IBM、摩托羅拉、英特爾等，每年都從中國進口高達數億美元的零配件。

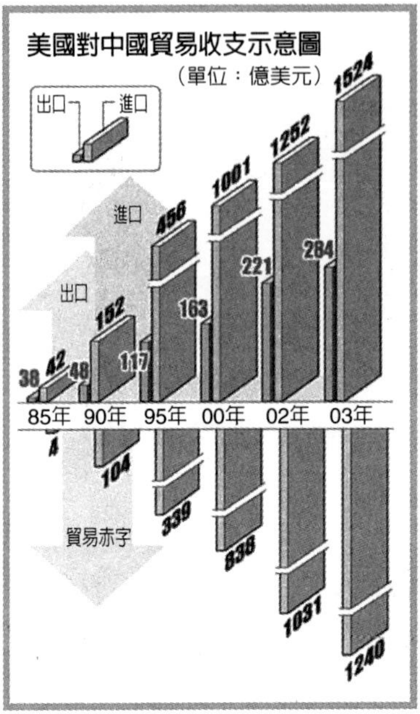

對此，美國的議會和製造業協會多次表達了不滿，認爲由於大量地使用中國製造的產品，使很多美國人失去工作。但是另一方面，美國資訊技術協會則發表了最新的研究結果。結果表明：由於使用了中國或印度製造的零配件，美國的尖端企業在費用節儉上取得了巨大的成果，並由此在二〇〇三年的美國

中國國內國營企業與外國資本企業的構成比率

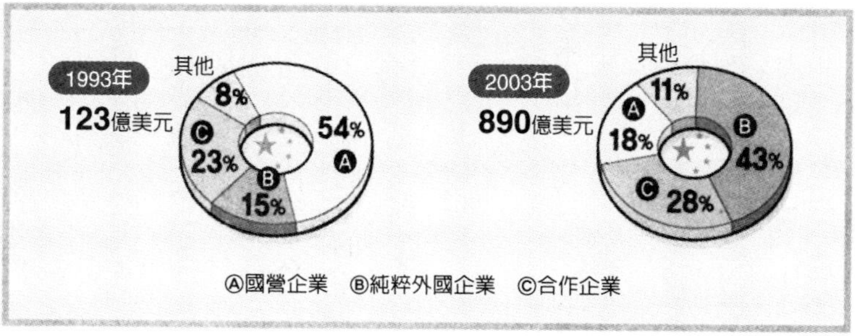

資訊技術領域中，創造了近九萬個工作機會。據此推算，到二〇〇八年爲止，將創造出三十二萬個工作崗位。

無法抵擋的價格競爭力

採訪小組來到了位於華盛頓近郊馬里蘭地區的Party City。這是一個專門銷售文具、洋娃娃、遊戲機、服裝、玩具等晚會用品的連鎖店，價格大致都在十美元以內。我們隨意挑了十件不同的產品，經過確認，其中竟有八件是在中國製造的，而美國生產的產品只不過是一些電池和生日卡片等。

當我們向商場的經理提出訪問邀請時，他卻拒絕了我們，並讓我們打電話向總公司的發言人詢問。從他的敏感反應可以大致推斷，他心裡一定在說：「難道銷售中國產品有錯嗎？天知道你們會不會以這篇報導來攻擊美國的布希總統？」接下來，爲了阻止我們在商場內部拍照，他一直緊緊跟隨著我們，直到我們離開。

於是，我們又來到了另一家專門銷售辦公室和家庭用品文具的商場——Office Depot。這次我們選擇了直接向店員詢問的辦法。「大部分都是中國製造的吧？」他的回答相當簡單明瞭，印表機、滑鼠、鍵盤、手機以及相關零配件、各種電纜，以及各種文具用品全都是中國的產品。不過就在三、四年前，這裡擺放的還都是台灣和新加坡的產品，但是現在中國製造的產品已經佔據了全部產品近七〇%左右。由於中國的勞動力價格低廉，並且不斷引進先進技術，其他國家的產品已經無法與中國製造的產品競爭。在專門經營低價產品的K商場中，情況也是一樣，產自亞洲的產品佔了全部產品的六〇%以上。其中除了一部分服裝和玩具是產自巴基斯坦和台灣以外，剩下的大部分產品都來自中國。

以專業代工（OEM）武裝

Dollar World是一家主要銷售一美元商品的連鎖商場，同時也是銷售中國產品最多的商場。據維吉尼亞州連鎖店的主人介紹，Dollar World中約八〇%的商品產於中國。當然，在廚房清潔劑、餐具、杯子等日常用品，以及影印機、洗衣機、電冰箱等方面，美國產品仍然牢牢地佔據著其市場地位。

但是，美國產品長久佔領著絕對優勢的高品質家具行業，近來也開始被中國產品蠶食。不久前，華盛頓進出口銀行由於辦公室遷移，而新近購入了一批沙發、辦公桌、書架等物品。由於物品既高級又便宜，因此銀行主管決定購買這批物品，可是得到的回答卻是需要等待六週的時間。一般而言，家具運送最慢也只需要二至三週的時間。因此，銀行主管詢問了具體原因，得到的答案則是：這些高級產品由於是在中國以專業代工（OEM）的方式生產的，因此船運時間需要更長。

美國消費者亦不排斥Made in China

在專門經營家電產品的商場Best Buy的情況也是一樣。音響、手機、電子風琴、攪拌器、遊戲用品等以OEM方式生產出來的中國產品，幾乎佔據了整個商場。世界最優秀的音響喇叭製造企業——山葉的產品也都是在中國組裝生產的。雖然在高畫質或平面等尖端大型電視機的市場中，日本與韓國的產品佔據了大部分比率，但是幾乎所有的零配件都是由中國製造的。

世界最大的零售連鎖集團——沃瑪僅在二〇〇三年一年間，就在中國購買了相當於四百億美元的物品。同時，沃瑪的負責人表示，從未發生過由於產品產自中國，而被要求退貨或換貨的情況。位於馬里蘭的沃瑪顧客服務中心的負責人也表示，消費者在選擇商品的時候，從未有過刻意挑選原產地的情況。當採訪小組問道：「如果消費者知道這些商品是產於中國的話，會不會產生排斥心理？」的時候，他卻反問道：「價格便宜，品質又好，這樣的商品我們爲什麼還要去理會它究竟產自哪個國家呢？」根據統計資料表明，由於中國製造的幼兒服裝類價格相當低廉，使得擁有孩子的美國家庭在過去五年間共節約了近四億美元。

在我們採訪汽車零配件專賣店Auto Parts的一位負責人時，他說：「在螺絲、螺母、擦窗器、洗車工具、電纜、汽車用地毯、靠背、座墊等產品上，中國產品的比例已經超越了墨西哥產品。」他還說：「雖然主要零配件仍然掌握在美國、德國和日本等國的手中，但在其他的零配件方面，中國產品的佔有率越來越高，已經佔據了二〇%至三〇%的比重。」最後，他還強調，消費者們並不傾向於美國生產的零配件。

三・透視中國經濟的兩個視角

永不停止的論爭——「緊縮將持續至何時？」

中國是一個論爭的國家。在漫長的歷史長河中，論爭從未停止。近代化的過程中，馬克思主義者與資本主義者之間的論爭也一直進行得如火如荼。現在，隨著馬克思主義者退出歷史舞台，新的論爭又蓄勢待發。雖然現在論爭的主流依然存在於由西方資本主義武裝的學者之間，但是我們能夠感覺到在「中華民族」這個新意識形態下，「新馬克思主義」正在胎動的跡象。歷史學界的「東北工程論」和國際政治學界的「多極化論」，就是「中華民族主義」的產物。而經濟學界的「緊縮論爭」的產生根源，也與這種新意識形態不謀而合。

在過去的歷史上，每當遇到重要的關口時，中國政府都會誘導在學者之間引發論爭，並將論爭的最終結果應用於國家政策當中。因此我們可以預見到，這次緊縮論爭也多多少少能夠反映出中國政府今後的政策走向。

與二〇〇一年的股市論爭一樣，在這次緊縮論爭中，仍然由國務院發展研究中心的吳敬璉與北京大學的厲以寧教授分別擔任論爭雙方的主將。他們同屬於鄧小平麾下的改革派，並且形成了中國經濟學界的兩大山脈。論爭的核心就是緊縮的強度和政府的市場介入與否。在二〇〇一年的股市論爭中，中國政府最終選擇了支持吳敬璉一方的立場。在那一輪較量當中，吳敬璉成了勝利者。

支持緊縮的官方學者

對於中國政府的緊縮政策，採取積極支持態度的正是政府研究機關——國務院發展研究中心與社會科學院。社會科學院的樊綱提出了他的主張：「中國經濟已經到了幾乎無法承受的經濟過熱階段，因此非常需要政府的積極介入。」他認爲：「鋼鐵、能源等一部分原料的瓶頸現象非常嚴重，因此只有使現在投資過熱的情況冷卻下來，才能夠緩解物價上升的壓力。」

另外，吳敬璉雖然與樊綱一樣，也同意政府的市場介入。但是他認爲與物價上升相比，房地產與股市的泡沫更加令人擔憂。他們都提出了同樣的警告：「對於經濟過熱現象，中國政府如果繼續放任不管的話，很可能會導致陷入嚴重的市場主義錯誤當中。」

對於政府介入持批判態度的學術界

相反地，相當部分的學者則表示反對政府過於干涉市場的態度。他們擔心僅邁出一小步的中國市場機能，是否會因爲緊縮措施而重新回到萎縮狀態。北京大學的厲以寧教授用「正常的經濟循環過程」說明了現在中國經濟的狀況。這句話也表明了大多數學者的眞實想法：中國眞正應該擔心的是經濟不景氣，而非經濟過熱。

年輕的海外留學派代表人物胡祖六，目前擔任美國高盛集團亞太地區董事總經理。他也提出了自己的主張：「中國作爲發展中國家，經濟成長率達到九%至一〇%是很正常的現象。現在的中國經濟絕不是過熱狀態，只不過現在的房地產市場與汽車產業存在著一些問題，對於這些產業，中國政府應該有選擇地去控制。」香港大學著名的經濟學者、諾貝爾經濟學獎的候選人張五常教授也表示道：「現在的狀況絕不能看作是通貨膨脹。」並對政府的直接市場介入提出了強烈的反對態度。

政府各部門之間立場迥異

各個經濟部門的視角和立場也都不同。貨幣管理的主管部門——中國銀行強調：「爲了減緩現在的通貨膨脹壓力，希望政府能夠推行適當的解決辦法。」相反的，國家發展改革委員會（相當於韓國的財政經濟部）和國家統計局卻表現出略微不同的立場。國家統計局表示出了自己的憂慮：最近的消費物價上升趨勢很難長期維持，過度的通貨緊縮會給企業帶來太多的負面影響，並有可能造成經濟萎縮。而國家發展改革委員會下屬的宏觀經濟研究院也表示：現在的宏觀經濟指標都屬於合理的範圍之內，沒有必要施行過度的緊縮政策。

對於當前這種經濟狀況，政府內部的各個部門都表示出不同的視角和主張，這也能夠讓我們預測到，短期內中國政府很難推行超強度的緊縮手段。因此，即使銀行利息上升，上升的幅度也十分有限。

中國經濟學界的主流與非主流

中國經濟學界的主流是由一批放下了極左的毛澤東思想、以極右的資本主義經濟學武裝

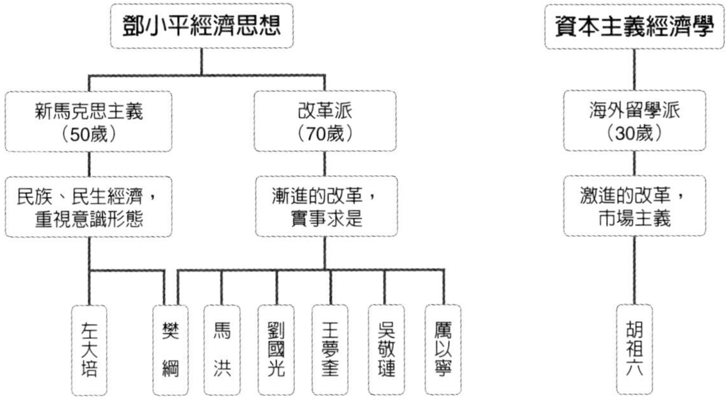

中國經濟學派系譜

自己的學者組成的。正如過去二十年間，隨著改革開放政策的實施，上海發生了天翻地覆般的變化一樣，在中國經濟學界內也發生了巨大的變化。

中國的主流經濟學的主力軍，是由改革開放初期時代的七十歲左右的老學者，與海外留學派的三十歲左右的年輕學者們所組成的。同樣，在中國政府、企業，或其他地方也沒有四十歲或五十歲左右的學者。這是因爲在一九六〇年代的文化大革命中，所有的中學與大學都關上了校門，現在的四十歲至五十歲的人們並沒能接受到正規的高等教育所致。海外留學派大部分都在國務院發展研究中心等改革開放之後新建成的條件相對優越的政府研究機關，或大學、證券機關等部門內，研究改革開放的理論和具體的政策樹立手段等。他們正是改革開放政策的實際制定者，同時也是從政策中收到最大利益的中國新興白領階層。

主流經濟學者較之空評者更提倡效率；與政府介入相比，更重視市場機能；與規範經濟學相比，更喜歡實證經濟學，並在國際貿易上更加信奉自由貿易。同時，在所有制的問題上，他們積極主張引進私有制；他們還把國有企業的「鐵飯碗勞動者」視爲「勞動貴族」，積極要求對此進行徹底的改革。

而與主流經濟學站在相反一方的非主流經濟學的代表人物，則有左大培（社會科學院）、劉力群（國務院發展研究中心）、楊斌（廈門大學）等學者。他們對於西方式資本主義的經濟學的過度亂用和財閥學者的腐敗深惡痛絕，並主張「經濟學淨化論」。這股非主流經濟學是從一九九○年代中期開始出現，到現在已經形成了一定規模的勢力。它是以最近重新呈抬頭趨勢的中華思想和隨著改革政策的負作用而產生的社會性不滿爲背景，新近產生的學派。

非主流經濟學者標榜新馬克思主義、擁護政府的市場介入，並支持保護主義和產業結構高度化政策。他們清楚地認識到與跨國性企業的合作，從基礎上存在著極限，因此積極支持民族企業的發展。他們大致爲五十歲左右的年紀，因此民族觀也非常明確。他們主張建設支持勞動者和農民的基礎體系，政府在從民生主義的角度上減緩地區間、階層間的收入差距上面，應該做出更加積極的努力。

操控中國經濟的智庫群

中國的代表性智庫就是國務院發展研究中心（DRC）。國務院發展研究中心是國務院直屬獨立機關，於一九八一年成立，目標是培養負責經濟改革的人才和開發政策方法。研究中心主任享受著與部長級相同的待遇。趙紫陽前總書記的智囊——馬紅，曾在很長時間內擔任了中心主任的職務，而現在則換由王夢奎擔任。

國務院發展研究中心主要研究內容是經濟成長、雇用、地區發展、農村、產業、國際經營等所有與經濟相關的課題，也是中國改革政策成功的最大功臣之一。全體研究員一共約七百名左右，其中博士級研究員有兩百餘人，代表性研究員則是吳敬璉。

另一個國務院下屬的學術機關就是社會科學院。如果說，國務院發展研究中心主要任務是研究政策方法的話，那麼社會科學院的主要任務則是意識形態的研發。最近在韓國引發全國人關注的東北工程的主要促進學者，正是社會科學院的研究員。代表性經濟學者則爲最初的改革中堅之一的劉國光。

除了國務院發展研究中心與社會科學院以外，中國的各個部門或在內部、或在外部，都擁有自己的政策研究機關。具有這種屬性的代表性研究機關，則有中國核心經濟部門——國家發展改革委員會的宏觀經濟研究院、商務部的國際貿易經濟合作研究院（一九七七年成立）、中國銀行下屬的金融研究所（一九五六年成立）等機關。

進入一九九〇年代以後，隨著大批從美國等海外留學歸來的高級人才進入了國內大學，大學的政策研究機能也正在日益活躍。北京大學的中國經濟研究中心和清華大學經濟研究中心等，都是最具代表性的大學附屬研究機關。一九九四年成立的北京大學中國經濟研究中心的代表學者有林毅夫等人。

四．中、韓兩國能否擁有和平的未來

美國對台灣進行獨立支持時，中、美、韓的戰爭危險

中國和韓國之間的和平狀態能夠維持到什麼時候？是否存在著打破和平的威脅因素？對於朝鮮半島統一，中國到底持怎樣的態度？帶著這些疑問，採訪小組敲開了古色古香的北京大學劉金質（國際關係學院）教授的研究室房門。

劉金質教授單刀直入地向我們提出了兩種能夠促使韓國與中國形成戰爭關係的假設。一個是北韓核武開發問題，而另一個就是台灣問題。據劉教授推測，這兩種假設情況中，北韓核武開發問題並不顯得十分危險，反而是台灣問題有可能發展成威脅性因素。對我們而言，這完全是一個意外的回答。他說：「即使美國由於北韓發展核武，率先向北韓發起戰略性攻擊，中國也不會派遣軍事力量支援北韓。」他還說：「中國介入戰爭的唯一可能性就是台灣。」這也就意味著，當台灣發表了獨立宣言，而中國與美國相互正式展開戰爭的情況下，

向美軍提供軍事基地的韓國，將成爲中國的攻擊對象。

中國每年從美國獲得一千億美元以上的貿易利潤，美國也因爲進口中國製造的低價商品，而使得平民階層過著充實的生活。可是，即使中、美雙方擁有如此緊密的經濟互補關係，仍然有許多專家學者將中、美兩國看作是軍事對手關係。

下面是與劉金質教授對談所進行的整理。

您怎樣看待未來的中美關係？

「中國以和平外交的方式，期待著與美國能夠長期保持友好的關係。中國仍然處於經濟嚴重失調的發展狀態，同時也沒能完成改革開放的目標，將來需要解決的課題還非常多。因此，中國比任何一個國家都更加強烈地盼望世界的和平與安定。在將來很長一段時期內，中國仍將處於發展中國家的位置，祖國統一大業也尚未完成。因此，中國希望以『和平崛起（在和平環境中向先進國家發展的精神）』的姿態出現在世界各國面前。」

最近是否從中國傳出了一些諸如「牽制美國霸權主義」、「向多極化體制發展」的呼聲呢？

「我認爲這些都只是外交上的語言。在國際社會上，與挑戰者相比，中國更願意成爲參與者。中國尊重現在的世界秩序與力量平衡，中國也絕不會追求霸權。」

中國在北韓核武開發問題上的立場是什麼？

「中國對北韓的外交政策發生了很大的改變。過去中國曾經以不介入北韓核武開發問題爲基本原則，但是現在正在朝著積極參與的方向改變。這是因爲中國爲了維護國家的利益，需要一個和平安寧的周邊環境，因此絕不希望看到這種和平狀態被打破。中國的立場與韓國的立場一致。北韓核武開發問題需要以外交手段進行解決，絕不能以武力的方式解決，這也是中國最基本的原則。」

為了在北韓核武開發問題上打開突破口，您認為中國是否應該更加積極地向北韓行使影響力呢？

「在這個問題上，中國的作用是有限的，但是中國可以出面說服作爲當事人的北韓和美國，進行談判，並創造一個協商的氣氛。當然，問題最終還需要當事人自己解決，中國只不過是發揮一個仲裁者的角色。如果脫離了這個『職權』範圍，那就會在另一方失去信任，並遭到憎恨。」

從最近北韓的對外政策路線上，是否能夠看到變化的跡象呢？

「在中國最近一次與北韓接觸的過程中，金正日國防委員長曾經表示了將去韓國訪問的意向。金委員長希望通過訪問韓國，將改革開放的路線明確化，並尋找解決北韓經濟困難的突破口。」

為了和平解決北韓核武開發問題，中國是以仲裁者的身分出現的。但是如果當美國率先發起軍事攻擊，而導致戰爭局面出現的話，那麼中國的身分是否會發生改變呢？

「最理想的目標當然是防止衝突的發生。再說，美國也不會輕易選擇以軍事性手段解決問題的。核武開發問題的解決雖然迫在眉睫，但現在還有時間。我們也很難說美國已經完全做好了進行軍事攻擊的準備。雖然我們無法完全排除美國會對北韓的核武設施進行先發攻擊，但是從全盤局勢上看，這種可能性很小。萬一美國眞的以武力對北韓進行軍事攻擊的話，中國在道義上將會站在北韓這一邊，並且會採取經濟支援等各種措施。但是，不會對其進行兵力與武器的支援，亦即不會對北韓進行軍事性支援。」

中國與北韓是否簽署了同盟條約？

「中國與北韓在一九六〇年簽署了同盟條約，至今仍然存在。但是，現在的形勢與當時韓戰的情況發生了巨大的改變。條約的名稱雖然依然存在，但是軍事性意義已然喪失。中國現在採取的是與任何國家都不簽署同盟條約的立場。在與北韓的關係上，軍事性的交流也日益弱化，現在僅局限於人道上的交流。北韓核武開發的問題即便走到一定要使用軍事手段解決的局面，但中國與美國形成敵對關係，或是直接與美國進行軍事對抗的軍事介入的可能性微乎其微。」

那是指中國將不行使同盟條約的義務的意思嗎？

「其實在中國內部，已經有一部分人主張應該將這個同盟條約廢除。但是我們也不要忘記，有了這個條約，也就等於中國仍然對北韓擁有一定的統制手段。」

最近的台灣問題好像非常嚴重……

「與北韓問題相比，台灣問題更加具有現實性的戰爭威脅。中國對台灣的基本政策，在一九七九年之後就沒有過變化，最近國家主席胡錦濤也重申了這一點。即，只要台灣不宣布獨立，中國就不會採取武力解放台灣。但是，當台灣宣布獨立，並且美國也對其進行軍事性支持的情況下，中國的立場就會發生改變。這也就意味著，中國將不得已運用武力的方法解決台灣問題。」

台灣問題惡化的情況下，會對朝鮮半島造成怎樣的影響？

「這是一個非常重要的問題。如果由於台灣率先宣布獨立，而使得美國與中國之間發生軍事衝突的話，我反倒想要問問韓國會採取怎樣的立場？至今爲止，韓國對於這個部分採取的是『戰略性模糊』政策。但是，如果戰爭爆發，局勢隨時有可能發展到非常嚴重的階段。在韓國駐屯有大量的美軍，韓國與美國也締結了軍事同盟關係。雖然現在看來，這種可能性非常小，但是如果中國與美國因爲台灣問題而發生了軍事衝突，身處於這個影響圈中的韓國，也無法做出自主的決定。因此，在這裡我想要再次強調的就是，在中韓兩國關係上，與北韓核武開發問題相比，台灣問題更加嚴峻。」

中國隨著經濟持續成長，已經轉變為石油進口國。據分析，最近由於國際原油價格的急遽上漲，中國與俄羅斯之間的關係也正在急速增進……

「中國與俄羅斯之間的關係正進行改善，特別是在經濟合作方面，取得了顯著的成就。由於最近的油價上漲，中國與俄羅斯的合作也越顯重要，這也是事實。但是，這些只是中國單方面的願望，俄羅斯方面的立場還未得到確認。」

是否有可能重新形成與過去相同的中國—俄羅斯、美國—日本的對立關係？

「我再次重申，中國與美國的和平共存是中國外交政策的最大目標。俄羅斯由於國內惡劣的經濟形勢，而正積極地與美國、歐洲等國改善關係。因此，中國與俄羅斯之間的接觸也不得不受到很大的限制。」

可是在韓國國內，有許多人仍然擔心這兩個陣營之間是否又會重演當年的緊張局面。

「我認爲，俄羅斯與中國在過去就喪失了相互的信任感，直到現在也沒有完全消除。」

對於東北亞自由貿易地區（FTA）的建設必要性，中、日、韓三國的學者與企業人士正在積極地討論中。對於這件事，中國的立場是什麼？

「在經濟發展的角度上，三國之間的平等互惠與相互合作的關係應該加強。但是在外交方面，首先應該解決的課題仍然很多。中國與韓國之間的糾紛相對較少，但是中國與日本之間的糾紛日益深化。日本首相參拜靖國神社等事件，使得中國國民對日本不斷喪失信任。」

＊劉金質教授係冷戰史研究的權威，在北京大學研究美、蘇，美、俄關係與朝鮮半島問題長達四十年之久。著作《當代中、韓關係》（社會科學出版社，一九九八）被認爲是中、韓關係研究的經典；而其主編的《中國對朝鮮和韓國政策文件彙編》（社會科學出版社，一九九四，二〇〇〇）更被評價爲中、韓關係研究的磐石。劉金質教授對中國國內主張發揮強大中國外交功能的論者持反駁意見，認爲時機未到，反而主張應該與美國建立合作關係，藉以實現「和平崛起」。一九八一年起，有兩年時間在美國哈佛大學俄羅斯研究所擔任客座教授，一九九一年起，則有一年半的時間赴加州大學研究。

五・日趨激烈的流通大戰

每年一〇%的成長速度，世界十大流通業者大決戰

中國經濟建設的中心地——上海市的曲陽路，也被稱爲世界流通業者的生死戰場。現在在中國，正在進行著一場沒有煙硝的戰爭，戰爭的主角們正是世界性的流通業者。以韓國的易買得和CJ電視購物爲首，美國的沃瑪和普瑪昔超市，法國的家樂福超市和歐尚超市，英國的泰斯克超市，泰國的易出蓮花超市，台灣的好又多超市、RT超市、樂購超市，德國的麥德龍超市，以及日本的佳世克超市等，都加入了這場戰爭當中。

家樂福不僅在中國，而且是在世界各國都擁有連鎖店的世界性超市。它利用強大的Buying Power（產品購買能力），實施低價戰略；而易買得則是利用瓜果蔬菜等高品質的新鮮食品的價格競爭力；物美超市充分利用其爲中國企業的優勢，以號召國民的國家意識爲武器，互相寸土不讓，展開激烈的競爭。我們在上海採訪了一位二十七歲的女性公司職員，她

說：「其實消費者的立場很明確，隨著世界性的流通企業都紛紛地在中國境內建立了分店，消費者能夠以更加低廉的價格購買到品質優秀的國際性品牌商品，這比任何事情都令人開心。」

中國商務部副部長張志剛先生透露：「投資在中國的流通業領域的外國資金大約達到了二十億美元，兩百七十七家外資企業一共開了兩千兩百餘家分店。」特別是中國國內消費水準最高的城市——上海，由於其出色的購買能力，正發揮「中國流通市場的風向球」作用。以易買得、家樂福爲首的世界十餘家大型連鎖超市公司，共在中國運營著七十餘家分店，而在二〇〇四年年內，世界最大的百貨企業——沃瑪，也將參與這場激烈且又混亂的競爭。

二〇〇四年六月二十九日，易買得二號店——上海的瑞虹店開業。開業的第一天，營業額比預想的竟然多出兩倍、近二十五萬美元，這也引起了周邊的其他世界性流通企業的緊張和關注。由於擔心顧客們會在同一時間段大量湧進商場，因此易買得故意將開業宣傳單按著日期別，分四個地區進行發放。可是在開業前的三個小時，人山人海的顧客已經將商場外部擠得水泄不通。對此，瑞虹店店長崔澤原說：「在一號店開業的時候，中國顧客們的反應就非常熱情」。「考慮到中國人喜歡喝綠茶的習慣，我們還特別設置了能夠品嘗綠茶的專用區，而這些細微的服務也好像感動了顧客，因此才有今天的這種效果。」

世界性的流通企業紛紛進入中國市場的原因非常簡單，擁有十三億人口的巨大市場潛在力，和以爆發性上升趨勢發展的中國流通市場，是任何一家流通企業都無法放棄的。中國的流通市場在二〇〇三年突破了五千億美元，並且以每年一〇％以上的高速度不斷攀升。在中國擁有四十七家分店的家樂福，單單二〇〇三年就在中國市場上創下十七億美元的銷售額，這個數值與其前一年同期相比，增加了近二十五・四％。

並且在二〇〇四年末，預定將全面開放流通市場的中國本身，就是一個向世界各個商場提供低廉商品的「世界加工廠」，這一點也是不可忽視的。另外，隨著上海的私家車數量以年均三〇％左右的速度急遽增長，已經正式進入了「私家車時代」，而駕駛著私家車前往大型超市購物，也逐漸成爲人們普遍的生活模式，這一點也誘惑著世界各大流通業者。

上海復旦大學世界經濟學系的華民教授透露：「在中國的外國流通企業，已經度過了適應階段，現在正向著大規模擴張階段發展。」「從二〇〇四年六月一日開始，隨著允許對外國流通企業全面開放國內市場的法律修改與施行，世界性流通企業將加快其進入中國市場的步伐。」

但「中國之夢」與其帶來的絕好機會相同，風險也同樣存在。中國市場的潛力雖大，但是參與這場競爭的已然包括世界最大的流通企業——沃瑪等諸多擁有強勁實力的企業，因此競爭必將是慘烈無比的。另外，雖然商場以飛快的速度出現在中國各地，但是在業務營運上發揮相當大作用的信用卡，卻直到二〇〇二年開始才獲得正式普及，而物流行業才僅僅處於初級起步階段。最近發布的財政緊縮政策，也將在一定程度上起「絆腳石」的作用。這是因爲到二〇〇三年爲止，流通企業透過銀行貸款來維持採購還算相對容易，但在將來，隨著銀行在業務上施行更加嚴格的管理，流通企業的生存環境也將進一步惡化。

東方CJ電視購物

「電視購物雖然是新興產業，但是出發點卻相當好。可能是因爲還屬於初期階段的緣故，過去三個月間，電視購物的商品種類參差不齊。但是現在由於已經具備了一定的基礎設施，因此進入了相對穩定的局面」。二〇〇四年四月一日正式開業的東方CJ電視購物的代表金洪秀先生笑著說：「銷售額比預想的要高出二〇%左右，平均每個月達到兩百五十萬美元，東方CJ的出發十分順利。」

但是，金洪秀先生又強調：「上海地區的主要消費層是一些個性鮮明、擁有西歐式感覺的二十至三十歲的年輕人，他們的月平均收入在六百二十五美元左右，屬於中產階層。」「他們的消費觸角十分敏感，並且喜歡非常個性化，所以我們不敢有一絲鬆懈。」因此，在這個地區最受歡迎的商品也是與韓國相近的MP3、數位照相機，以及以樂可（lock & lock）爲首的食物密封保管容器等。

對於爲什麼沒有選擇中國的首都北京，而選擇了上海爲創業點，金洪秀先生這樣說道：

「這是因爲我們考慮到上海是中國經濟發展最活躍的城市，消費水平也領先其他城市，而且消費形態也與韓國相似。」「我們希望東方CJ能夠以電子資訊、美容商品，以及徹底的品質保證和售後服務，獲得廣大消費者的信任，以樹立起企業的形象。」他還驕傲地談起：「創立以來，北京電視台、山東濟南電視台都曾經派專訪小組訪問我們公司。特別是當日本三菱商社專程來我們公司，希望能夠加入股份進行合作的時候，眞是轟動一時。」

金洪秀先生還說：「特別是二〇〇八年的北京奧運會和二〇一〇年的上海世界博覽會的申辦成功，更大的刺激了中國的經濟成長。在未來十年裡，中國的流通市場還會高速發展。」「爲了成功地在中國大陸扎下堅實的基礎，在我們全體兩百多名員工當中，只有四名是從首爾來的，這也表明了我們要採取徹底的現地化管理戰略的決心。」同時，他也提到了一些阻礙流通事業發展的客觀因素，特別是公路網等交通基礎建設還未臻完備，並且在商品運送過程中擔當重要角色的郵局，服務品質仍有待提高。這些客觀因素的解決，仍然還需要一段很長的時間。

東方CJ公司CJ電子購物與中國最大的民營電視台——上海文廣新聞傳媒集團（SMG），以四十九比五十一的比例合作投資建立的，總資本額爲兩千萬美元。東方CJ電視購物頻道每天晚上八點開始，一直到第二天凌晨一點的五個小時中，播放電子購物資訊。大約有五十名左右的員工直接參與電子購物節目的製作，而擁有五百名員工的呼叫中心，則主要負責接受訂單、顧客諮詢，以及售後服務等業務。

六・世界的研發中心湧至

「在北京和上海，雲集著衆多高科技人才」

北京的三星通信研究所

兩千年十月，韓國三星電子的中國研發中心——中國三星通信研究所（BST）正式建成，它也是韓國企業在中國本土建立的第一個研究所。這些研究所也可以看作是外資企業爲了確保中國市場，而建立起的前哨基地。中國三星通信研究所企劃運營組的金教益組長這樣說道：「在三星電子的整體銷售額中，海外銷售佔據了七〇%至八〇%。因此海外研究所的建立，也是在考慮到應該充分使用海外高級人才之後，才愼重做出的決定。」

爲了實現充分使用海外高級人才的目標，三星的戰略就是徹底的本土化。三星公司的計劃是透過技術轉移，以長期確保中國市場，這也使得人才結構更加明確。在中國三星研究所裡只有三名韓國人，也就是以尹洪烈副所長爲首的從韓國總公司派遣過來的研究人員，而其餘的兩百多名職員全都是中國員工。當採訪小組前去訪問的時候，恰好在四樓的會議室裡，二十餘名韓國和中國的研究員聚集在一起，正在對研究成果開展著積極的討論。企劃支援部沈龍南部長說：「韓、中兩國的研究員經常對於共同的研究成果進行討論會議。」

BST已經建成近四年了，三星的本土化戰略也漸漸獲得了成果。其中最具代表性的事例就是，三星與北京郵電大學合作，對中國的主要國家課題之一——第三．五代行動通信進行先行研究。中國三星通信研究所還於二〇〇三年十二月，被屬於中央部門的國家人事部指定爲「博士後課程營運機關」。由此，三星開始與清華大學共同研究開發第四代行動通信，並與北京郵電大學共同研究開發行動IP等研究專案。但是與那些較BST提前進入中國市場，卻在二〇〇四年初才獲得營業批准的微軟、摩托羅拉、朗訊、諾基亞等屈指可數的跨國企業相比，這些成就不能不說是令人矚目。就在最近，中國三星研究所還在中國聯通進行技術升級的過程中，爲其解決了核心問題。另外，BST還以其獨自開放的技術，在中國無線通信標準化（CWTS）會議上，力壓美國的高通和貝爾研究所，得到了中國CWTS的採納。

世界性企業紛紛在北京建立起自己的研究所，其中最主要的原因是：第一，在北京聚集著中國最優秀的大學和研究員，這可以讓企業非常容易地建構成一支科研隊伍。第二，交通、設備、資訊等研究基礎設施非常齊全。第三，能夠與中央政府構成有機的聯繫網路。

正因爲這些原因，跨國企業的研發中心都將目光集中在電子、資訊通信、生命工學等新興技術領域，和汽車、化工等市場規模大、附加價值高的製造業領域。昇陽公司的中國本土研發中心──「昇陽中國工程研究院」的宮力院長說道：「美國總公司與中國本土研究所雖然沒有大的差異，但是中國本土研究所的人才水準既高，工資又相對比較低廉，這一點也是吸引我們的一個原因。」關於研究所的人力經營方面，則是運用了「或是從美國總公司邀請講師，或是雙方分別組成研究小組進行人才交換等方式」。

世界五百大企業的八〇%登陸中國

最近，法國電信正進駐中關村的融科諮詢中心，這也是法國電信與中國電信攜手合作的第一步。據中關村的相關人士透露：「世界五百大企業當中，第五十五個企業進入了中關村。」世界糖尿病治療領域的主導企業諾和諾德公司，也在中關村生命科學園建立了「生物技術基礎研究中心」。這是跨國製藥公司在中國設立的第一家致力於生物技術基礎研究的研發中心，也是諾和諾德公司在海外設立的第一家研究中心。中心擁有從歐美歸來的數位博士（即海歸派）和來自諾和諾德研發總部的專家，運用生物技術和分子生物學等國際最先進的

主要多國籍企業的中國國內研發中心現況

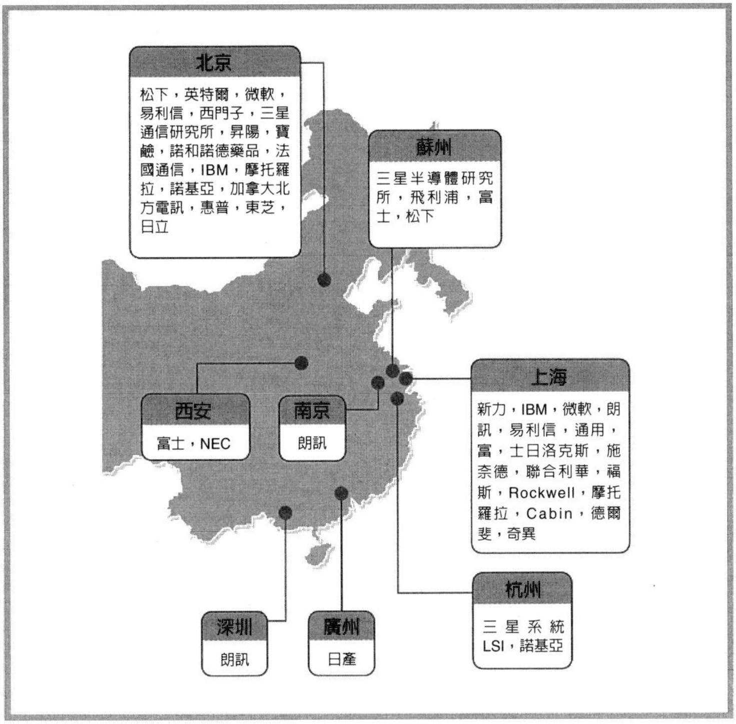

研究方法，開發治療糖尿病的藥物。

微軟也將其在海外最大的軟體研發中心設立在中國，上海的「微軟亞洲研究院」的研究員數量正以每年二〇%的速度遞增。並且，比爾．蓋茨還曾經透露，在每年約六十八億美元的研發預算當中，會將相當一部分投入到中國研究院。杜邦公司也聲稱，二〇〇六年之前將在上海投入一千五百萬美元以上，建立起包括電子、化學等領域的大型研發中心。

而這一切，僅是從二〇〇四年六月開始，不過一個月的時間內決定的。現在世界五百大企業中，已經有四百多個企業在中國開展兩千餘個研發課題，而研究開發的據點也多達一百二十個左右。以二〇〇二年的資料為參考，在中國（包括香港和澳門）進行商業活動的七千八百五十九個外國投資企業當中，擁有研發中心的企業多達七百九十四個，而在這些研發中心從事研發工作的技術人員數量，竟多達三十九萬人左右。

使中國由生產基地變為研發基地的最大原因就是，跨國企業透過本土生產達到支援銷售目的的戰略。最具代表性的例子就是英特爾公司，為了將**Pantium III**處理器等新型商品銷售到中國大陸，英特爾公司於一九九四年投入了一千萬美元，在上海建立了實驗室，而在設立後的六年當中，完成一百餘個研發項目的成果。

而為了滿足中國消費者的要求，生產出中國人喜歡的產品，並達到提高市場佔有率的目的，也是外資企業不斷在中國本土建立研發中心的主要原因之一。最具代表性的就是三菱、寶鹼、**IBM**、諾基亞等跨國企業。跨國企業的海外直接投資（**FDI**），原本只被限定於建立在能夠使用低廉勞動力的生產基地上面。可是由於中國內需市場的競爭日趨激烈，因此也相對促進了中國本土研發中心的建立。

中國政府的反應是積極的。中國在二〇〇二年四月發表的「外商投資產業指導目錄」上面明確表示，中國並不希望那些只有資金而沒有技術的海外業者投資，由此產生了著名的

「市場換技術」戰略。

與三星通信研究所王彤所長的訪談錄

對於技術轉移與本土化成果，三星電子中國通信研究所王彤所長自我評價爲「非常成功」。

完成技術轉移的方式？

「核心技術正與位於韓國的總公司共同開發當中，而諾基亞等其他跨國企業，只是將總公司研發的技術拿到中國使用而已。」

那麼也能進行一些與總公司完全不同的研究嗎？

「當然可以。現在在BST的很多專案中，與韓國總公司同等或是超出總公司的研究課題不少。比如說，在第三代行動通信的3G標準化研究當中，音碼器（Vocoder：將聲音改調後再復原的裝置），或是能夠根據中國消費者使用環境而進行調整的用戶介面（UI）等相關研究，都是BST獨立完成的。」

中國政府的評價如何？

「是比較肯定的。二〇〇三年，北京市市內的全部中國企業中，在專利評比項目上面，三星研究所排第七位。而比我們更早進入中國的微軟或諾基亞等公司，都被我們甩在後面。這也向世界證明了三星的技術轉移達到了相當的程度。」

研究所今後營運的計劃？

「進行適合中國人的產品開發和系統服務，與總公司共同促進一些國際性研發專案。沒有必要只停留在三星電子在中國本土的法人代表位置上面，我個人也不贊同這種想法。」

中國人擔任所長的長處與短處各是什麼？

「在掌握與判斷本土的技術發展趨勢和市場需求，以及員工們的想法上面更加高效。作爲本土最高經營者，我在（與其他企業）挑戰與壓力當中，感受到相當的責任感。」

七・主要汽車製造商的競技場

世界第三大汽車市場，四十一個企業的「生存遊戲」

中國的汽車市場就像滾雪球似的不斷變大。二○○三年，中國生產了四百萬輛汽車，而且生產能力以每年一百萬輛的速度不斷增加。中國已經繼美國、日本之後，成為世界第三大汽車消費市場。據專家預測，到二○一○年，中國的汽車需求量將達到與現在的美國市場不相上下的水準，即每年一千三百萬至一千六百萬輛。在強大市場潛力的誘惑下，世界的主要汽車企業都爭先恐後地進入了中國。美國的通用、福特、克萊斯勒，日本的豐田、本田、馬自達，德國的賓士、寶馬、大眾，法國的雷諾日產等世界汽車業者，正針對中國市場展開一場激烈的戰爭。最近，韓國的現代汽車也加入了這場戰爭。誰會成為最後的勝利者呢？

預計在二〇一〇年左右，僅將成為三至四個汽車公司的版圖

中國的汽車產業政策主要是由國家發展改革委員會研究並制定的。對於將來汽車市場的格局，胡子祥所長肯定地說道：「到二〇一〇年前後，將僅剩下三到四個大型汽車企業，而在中國能夠生存下來的最終勝利者，也將成爲世界汽車產業的龍頭。」

現在，中國近兩百萬輛家用轎車的需求規模，有二十二家國內企業與十九家中外合作企業，共四十一家汽車企業，正進行一場激烈的戰爭。現在，跨國企業與中國企業，在資本和技術等方面進行各種合作。在這眾多中外合作企業當中，美國的通用、德國的大眾和日本

中國汽車產業合作現況

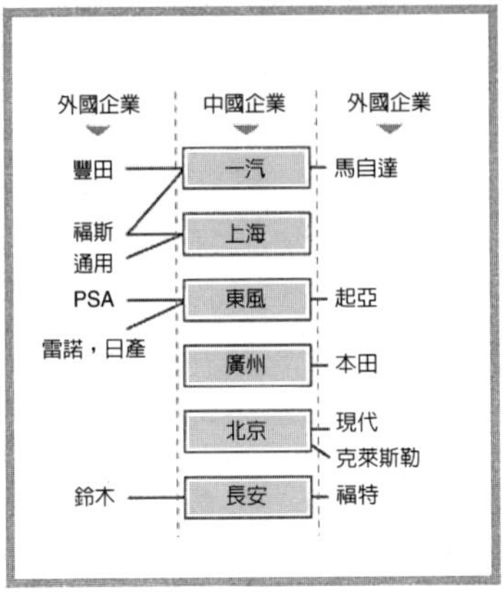

企業別中國生產擴張計劃

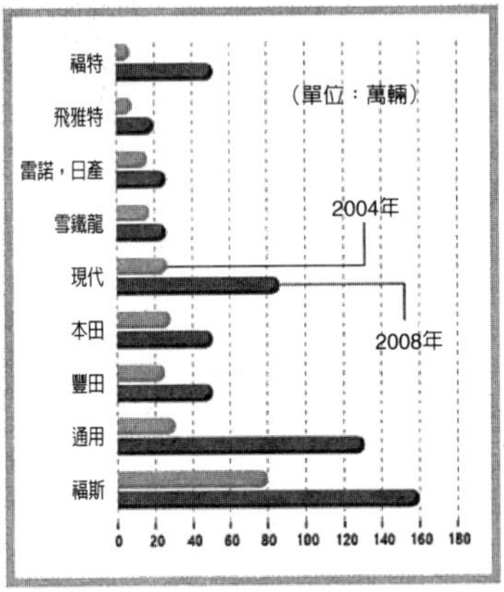

的豐田汽車公司，則是業內公認的「三強」，而韓國的現代、日本的豐田和法國的雪鐵龍汽車公司則緊隨其後。據相關資料表示，最早進入中國市場的德國大眾和法國的雪鐵龍汽車公司的市場佔有率不斷下降，而後期才進入中國市場的美國通用、日本本田和韓國現代汽車公司的勢力正在逐日壯大。

最近，由於中國政府實行了市場緊縮政策，中國國內的消費也呈現萎縮趨勢，而爲了「保衛」自己的市場佔有率，各汽車公司之間的競爭逐漸達到了白熱化。「增大投資，降低價格」，這就是競爭的「座右銘」。二〇〇三年各家汽車公司平均降低了六・九％的價格之後，二〇〇四年上半年，汽車價格又下降了九・二％。而另一方面，各自都增加了在中國的投資，以擴大生產線，生產最新型的汽車。

通用最具有攻擊性，年產量將達一百三十萬輛

在中國市場展開的競爭中，最具攻擊性的就是美國的通用汽車公司。二〇〇四年六月，通用決定將其亞太地區總部從新加坡遷移到中國上海。上海通用汽車的有關人士聲稱：「在遷移地候選國家日本、中國、韓國、澳大利亞等四個國家中，通用汽車最終選擇了中國上海。這也是對於德國大眾汽車公司將中國本部的功能提升到亞洲總部，所採取的相應戰略措

施。」在未來的五年間，通用汽車公司將在中國投資三十億美元，以使家用轎車的年生產規模擴大到一百三十萬輛。在這種積極的攻勢之下，二〇〇四年六月，通用汽車的銷售量終於上升到第一位。

而德國的大眾汽車公司則逐漸走到了危險的邊緣。在一九九〇年代末期，還曾經擁有過七十五%的市場佔有率，可是到了二〇〇三年六月，就已經直線跌至二十七%。為了重新奪回失去的市場，大眾汽車公司決定，從二〇〇四年六月開始，在中國生產的所有型號的汽車，價格平均下調五%。

後期進入中國市場的日本豐田汽車則維持著相對慎重的態度。至二〇〇八年為止的生產線擴張規模，也僅僅定在五十萬輛上，這個數值還不到通用和大眾的一半。另外，二〇〇四年，豐田公司還決定將在美國一度引起購買狂潮的Lexus投入到中國市場，並計劃以豪華車型攻略中國市場。

本田（一九九八年進入中國）和現代（二〇〇二年進入中國）雖然進入中國市場比較晚，但是卻取得了相當不錯的成績。二〇〇四年六月，廣州本田的銷售量達到了兩萬一千兩百七十五輛，緊隨上海通用之後，排在第二位。而本田的人氣車型——雅歌和飛度需要等兩個月才能買到。同樣的，北京現代的伊蘭特與東風悅達的千里馬也在中國市場颳起了一陣旋風。二〇〇四年六月，伊蘭特的銷售量達到了八千五百一十五輛，在所有車型中名列第一位，而在準中型汽車中名列第一。千里馬的銷售量也在小型汽車市場中高居第一。

中國生產汽車出口的最大被害國家即為韓國

中國生產汽車出口到世界市場？在這種情況下，最大的「犧牲者」將是韓國。因爲中國低廉的勞動力和人民幣較低的匯率，使得中國生產的汽車將最大限度發揮其低價的威力。更令人擔心的是，這種可能性正逐漸變爲現實。

日本本田汽車公司與位於中國廣東省廣州市的東風汽車和廣州汽車公司合作，計劃建立一個年產五萬輛的出口專用工廠，將一千三百西西級的轎車出口到亞洲與歐洲地區。而大眾汽車公司已經從二〇〇三年開始，將其在中國生產的小型汽車POLO出口至澳大利亞。另外，大眾汽車公司還計劃在中國建立一個年產十五萬輛的大規模出口專用工廠，以中國作爲亞太地區出口基地。

現在，中國的汽車價格比國際市場的價格平均高出一．六倍，在價格上還沒有競爭力。一汽大眾的暢銷車型奧迪1.8T的價格爲四萬兩千七百美元（美國市場價格爲兩萬六千美元）。同樣的，現代索納塔的價格爲三萬零兩百美元（美國市場價格爲一萬八千八百美元）。但是，隨著大量生產體系的不斷完善，以小型汽車爲中心，中國汽車正在以飛快的速度開始擁有價格競爭力。一千西西以下的小型汽車價格已經降爲四千兩百至六千美元，這個價格已經與國際市場的價格相近。

導致中國生產的汽車價格昂貴的原因，就是使用大量進口零件所致，而這些零件都需要付上高昂的進口關稅。但預計到二〇〇六年七月爲止，汽車零件的關稅率將下調十個百分點。德爾斐、博施等世界性汽車零件供應商正在不斷地擴大其在中國的投資，因此我們也能夠預想到中國未來的零件產業將得到飛速的發展。

中國國家資訊中心的張宇賢副主任這樣展望道：「二〇〇七年前後，隨著大眾、通用、現代、福特等汽車工廠的竣工，零件產業也將形成一定的規模。屆時，中國生產的汽車無論從價格還是品質上，都能夠更加接近國際水平。」

對於世界的汽車製造商來說，中國市場是一個「孕育著災難的希望」。雖然目前看來是一隻下金蛋的天鵝，但是不久的將來，有可能帶來巨大的災難。這是因爲隨著跨國企業的相互競爭，不斷在中國擴張生產設備，將來有可能導致供應過剩的緣故。

世界的幾個主要汽車公司在中國的轎車生產能力，將由二〇〇四年的兩百七十萬輛提高到二〇〇八年的七百萬輛。如果再加上二十多家中國汽車企業的生產量的話，中國將擁有年產一千五百萬輛的生產設備。

在中國無計劃地擴大投資會導致怎樣的結果？彩色電視行業的先例能夠告訴我們答案。

最近，在被稱為「中國矽谷」的北京中關村，彩電竟然開始按重量銷售，也就是按照每公斤多少錢來決定一台彩電的最終價錢。曾經佔有率達到了九〇%以上的外國投資企業的產品，現在正受到中國本土產品的強烈衝擊，大部分已經失去了蹤影，只有日本的新力和韓國的三星，還勉強維持著命脈。

將來，不知道按照斤數銷售汽車的日子會不會到來？而目前在中國投資的十二家外國汽車公司，又將會剩下幾家呢？

八・不斷擴大的貧富差距

「生活品質」城市與農村差距高達六倍，大量流動人口湧入城市

王府井大街可以稱得上是北京的明洞，即使過了晚上十點，仍然像白天一樣燈火輝煌，人來人往。路易威登、香奈兒、普拉達、亞曼尼等歐洲名品店更給這條大街增加了光彩。同樣，在上海的淮海路、南京路，廣州的北京路、天河等其他地方，也擁有大都市特有的繁榮與活力。

北京市的每人平均年收入爲三千七百零七美元，而上海與廣州各爲五千六百四十三美元和五千七百八十七美元。如果再把物價水準計算在內，會比實質收入高出二至二・五倍左右。單從數值上看，中國應有一億人左右的大城市居民與韓國的生活水平不相上下。其中按一〇%至十五%計算的話，中國的「名品族」也多達一千至一千五百萬人左右。

北京的登記車輛已經超過兩百萬輛

隨著北京的登記車輛突破兩百萬輛，這也意味著北京正式進入了私家車時代。三十七歲的許江萍是一家名爲《中國創業投資與高科技》的中小雜誌社社長，他每天開著中國生產的價值三萬美元的本田雅歌上下班。畢業於北京大學的許江萍社長說：「我周圍的朋友全都擁有自己的私家車。」在上海，爲了阻止急速增長的車輛增加，推出對購買新車的限制規定，也就是購買新車的人，必須參加車牌的拍賣。雖然一個車牌號碼的價格高達四至五萬元，可是買車的人仍然絡繹不絕。

在大學內的公布欄上堂而皇之佔據著一席之地的汽車駕駛補習班廣告，以及上班族擁有駕照，已經變成非常普遍的事情。而且開車上學的學生近來也越來越多。海外旅行對於都市人來說，也已經不再稀奇。許江萍社長二〇〇四年的休假計劃是歐洲旅行。由於從二〇〇四年六月開始，中國政府對一部分歐洲國家實施了旅遊自由化，因此使一般的百姓家庭也能夠到歐洲一覽外國風情。大學生也加入海外旅遊的行列。而帶有拍照功能的高級手機、無線通信的筆記型電腦、汽車、海外旅遊等，已經成爲年輕消費層的一般項目。

但是，在都市繁榮的另一面，農民們的相對貧困和被剝奪感正在日益深化。在中產階層還未形成之前，少數的富者與大多數的貧窮者是中國的主要階層結構，而這種階層之間的差距正在不斷擴大。相當於普通勞動者一個月工資的一杯茶，相當於普通勞動者一年工資的一頓飯，這些都在無聲地訴說著中國嚴重的貧富差距。可是，在北京和上海等地，年費高達數百萬元的健身俱樂部，以及酒店型的社交俱樂部等會員制俱樂部，仍然在不斷擴散。

二十二歲的李小莉從安徽省來到北京，現在在一家大型餐廳裡做普通服務員，她說：「在這裡工作的這段時間裡，對於一頓飯就吃掉相當於我一個月工資的人，已經見怪不怪了。」她還反問道：「三十歲左右、擁有著好幾幢房產、生活無憂無慮、渾身名牌、開著賓士或寶馬、出入高級酒店和夜總會，現在這樣的人怎麼這麼多啊？」沒有假日，每天都辛勤工作的李小莉，她的工資僅有七百元，加上其他一些收入，一個月平均賺不到一千元。她與五個同事共同生活在一間破陋的小屋，每個月除四百元的房租以及三百元的伙食費，能夠存進銀行的錢也就所剩無幾了，這種相對性的貧困感讓她感到非常憂鬱。

城市貧民的相對貧窮與被剝奪感

導致貧富差距產生的原因之一，就是城市與農村的差異。統計資料表示，城市與農村的差距是三倍，但是如果再加上社會保障和公共教育等福利，城市與農村的差距是六倍以上。

基尼係數變化示意圖（1991～2000年）

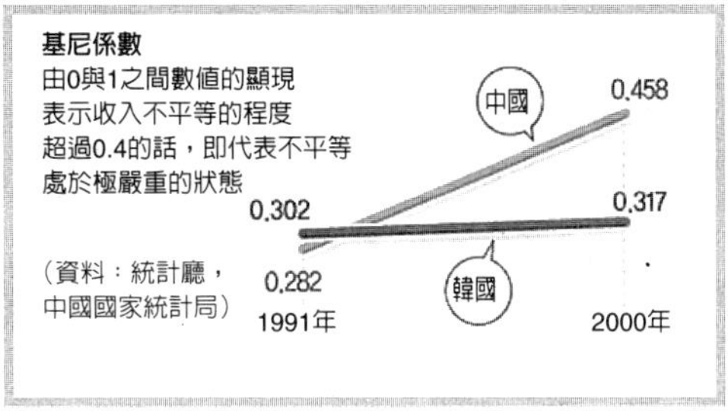

中國的年平均收入爲一千零九十美元，可是廣東省深圳市的人均收入竟然高達六千五百美元。由於經濟發展的果實都集中在城市，因此多達九億的農民則淪落爲二等公民。而從農村進入城市的流動人口，也成了低收入的下等人。據中國社會科學院社會學研究所的調查資料表示，僅在北京，就生活著二十至五十萬貧困戶。他們的月工資僅在五百至九百元之間，大都以臨時工、短工、路邊攤來維持生計。

每年由農村進入城市的流動人口大約在一億兩千萬人左右。他們白天在工地打短工，一天的報酬大約爲三十至五十元左右，晚上則二十幾個人擠在一間倉庫改造的破屋子裡睡覺，每頓飯只以一至四元的食物充饑，而這樣的生活一過就是幾個月。大部分在幾個月後就會回到自己的老家，而有一部分則領著一家人輾轉於城市各地。這些農村人口進入城市之後，不變地擴大著「民工隊伍」，這直接促使「城市貧民」這個概念產生，而政府的貧民政策的推出也迫在眉睫。

對於民工工資拖欠問題，據官方統計資料表示，僅能查到的就有二十五億美元。中國日報社副社長焦德仁說：「由於低收入階層的社會保險制度還未能完善，因此出了意外事故或是身患重病，卻因爲沒有錢而無法去醫院接受正規治療的事例不斷發生，並且正逐漸成爲社會問題。」北京大學的一位退休老教授也說：「因爲不知道將來需要在什麼地方用錢，也不知道需要花多少錢，所以只有勒緊了褲腰帶生活。」急遽的社會變動，使得中產階層也逐漸變得不安。在新的社會保障網絡還未能擴充的過渡期，中國特有的社會主義反倒流露出了一絲資本主義的「弱肉強食法則」色彩。「國家無法給予更多的幫助」，在這種強迫感的驅使下，全體社會像一個大車輪一般，共同向金錢滾去。而「萬一被車輪輾倒，一切就都完了」的想法，使得人們變得更加惶恐不安。

但是，也許因爲正處於高速發展中的緣故吧。與悲觀相比，這裡展現給我們更多的是充滿希望和期待的氣氛。在北京福來雅健康中心工作的按摩師王鋒，一個月的工資是一千兩百元。他說：「一想到每個月只能掙到二三百塊錢的四川老鄉們，我非常滿意現在的收入。我相信二〇〇八年北京奧運會之後，我的生活會變得更好。」這也表明了一部分人對於未來美好的期待。

基尼係數是分析一個國家貧富差距程度的統計工具，而中國的基尼係數是〇．四至〇．五。北京大學韓國學研究中心的楊通方所長說：「雖然與韓國相比，中國的貧富差異還很大，但是在收入差異的擴大當中，機會與選擇的範圍也相對較寬。中國還未達到由於貧富差距而引起社會不安的階段。」

中國的有錢人都是何許人也？

三十三歲的電腦鬼才丁磊也被稱爲「中國版比爾．蓋茨」，他也是中國的首富之一。兩千年，隨著在那斯達克股市上市之後，他一手創建的網路搜索引擎——網易的股票價格也隨之飛漲，一夜之間，他就成爲十三億美元的擁有者。按著中國人均收入一千零九十美元計算，需要十二萬人工作一年才能夠賺到丁磊一個人的資產。

在中國的資訊科技界，除了丁磊以外，還有許多財閥。比如說遊戲網站——盛大網路的陳天橋、網路搜索引擎——搜狐網站的張朝陽等。他們各自的財產分別爲四億九千萬美元和兩億七千萬美元。資訊科技財閥們大多數都在三十歲左右，由於他們都是以技術或專業知識創業並成爲富者，因此一般百姓們對他們持肯定的態度。相對其他國家，中國資本家維持地位更加艱難。資訊科技財閥們的財產依附於那斯達克股市或香港證券市場等地上市的股票，因此對於股市的變化非常敏感。而其他大多數的財閥則是靠從銀行得到大筆的特殊貸款，或是與掌握著實權的政府官員們建立起良好的關係。正如《富比世》雜誌上寫的「中國富豪的排名順序正是戴手銬的順序」一樣，資產增值的過程中，使用了不法手段的人並非少數。

曾經在二〇〇三年被評爲青年富豪的山西海鑫鋼鐵公司的李海倉董事長，在自己的辦公室被兇手連擊數槍，當場斃命。而河南省的首富——黃河實業的喬金嶺董事長也在配合銀行貸款償還的調查時，突然自殺。二〇〇四年，上海市首富——農凱集團的周正毅董事長也因為非法挪用貸款和未償還等罪名，被上海法院監禁，最終被判處三年徒刑。而也有人評判說，中國富豪們之所以掙了錢也不願意被別人知道的原因，就是中國的資產透明性仍然存在著問題的緣故。

雖然資訊科技業的青年富豪們正在以飛快的速度擴大著自己的資產，但是按照比例來看，大多數的中國富豪卻是從房地產界起家。房地產業是一個受政府影響力很大、且能夠獲得許多開發利益的產業。二〇〇三年末，由中國媒體選出的三十位中國富豪當中，十六位是房地產開發富豪。在中國的百名富豪之中，改革開放最快的廣州省佔二十二%，上海十四%，北京十一%，浙江省八%。

國務院發展研究中心的胡江雲博士評論道：「與收入差異相比，對於富豪們怎樣賺得大量的錢財，他們掙錢的手段與方法，老百姓們透露出了極大的不滿，並且要求資產透明化的呼聲也不斷升高。」

九・中國資本蜂擁而至

以「人海戰術」獵取海外企業

無條件收購具技術力的企業

位於韓國京畿道平澤市的雙龍汽車本部，再過不久，就將插上中國的五星紅旗。中國最大的汽車生產公司——上海汽車已經完成了對雙龍汽車的收購。現在，中國資本正式開始向世界、向韓國發起攻勢。

二〇〇三年三月初，當中國藍星公司代表團來到韓國雙龍汽車本部訪問時，雙龍汽車總部曾經升起一次五星紅旗。由於當時藍星公司與雙龍汽車集團在購買條件上出現了分歧，也導致了這次收購協商最終破裂。但是，隨著與上海汽車的收購契約的簽訂，中國企業也向世界展示了他們爲了追求技術，而毫不猶豫進行海外投資的強烈意志。

「中國在製造業領域，已經具備了國際競爭力。同時，中國企業也具備了向海外擴展的實力。」中國社會科學院世界政治經濟研究所跨國企業研究室主任魯桐博士說起這番話的時候，流露出了無比的自信。

看過韓國電影《太極旗：生死兄弟》的觀眾們，大概都記得中國抗美援朝志願軍人海戰術的威力。曾經參加過韓國戰爭的英國軍官安特尼巴拉豪克理在他的著作《長劍的鋒刃》中，這樣表達了人海戰術的威力。「在連續幾個小時不斷反覆的進攻與撤退之後，黑夜走了，清晨來臨了。而我也漸漸明白了這個虛幻的事實，在這場戰爭中，所有的勇氣、戰術，以及技術上的優勢，統統都沒有一點用處的事實。」

世界逐漸認識到了正在不斷吞噬著金錢與資源的巨大「黑洞」——中國的威力。而在將來，當中國把這段時期積累下來的資本擺在世界面前，並用這筆資金對海外企業進行「人海戰術」般的攻勢的一瞬間，世界將更加直接地感受到中國的力量。

從中國資本對雙龍汽車的收購案中就可以看到這種徵兆。這也向世人展示了中國已經由原來的吸引外資戰略——「引進來」政策，逐漸轉移到中國資本的國際化經營戰略——「走出去」的階段，而做好了諸多準備。

當然，到目前爲止，與中國在海外的投資相比，海外資本在中國投資的規模要大得多。

二〇〇三年，中國吸引外商直接投資的金額首度超過美國，位居世界第一位。根據經濟合作暨發展組織（OECD）的報告書，二〇〇三年經濟合作暨發展組織的三十個發展中國家，共吸引了一千九百二十億美元的海外資金。其中僅中國就佔據了五百三十億美元，並超過了吸引了四百億美元外商投資的美國。

與此同時，中國企業在海外的投資規模正在以驚人的速度不斷擴張，這是一個無法否認的事實。對此，KOTRA（大韓貿易投資振興公社）中國支社社長李宗日先生這樣分析道：「市場換技術是中國吸引外資的一種戰略。」「現在的中國，只要能夠購買到技術，就會不遺餘力地進行海外投資。」

到二〇〇二年底為止，中國對海外的投資企業總數已經達到了六千九百六十個，而投資總額也達到了九十三億四千萬美元。與海外投資總規模不過三億七千萬美元的一九九一年相比，已經獲致長足的進步。這也證明中國政府與共產黨的「走出去」戰略並非一句空話。據新華社報導，到二〇〇四年五月為止，中國在海外的投資已經遍及一百六十個國家，總投資規模超過了三百億美元。採訪小組在北京遇到的一位高層官員也暗示：「在過去，海外投資僅局限於海爾等少數幾家大企業，只不過是幾句口號話。但是現在，已經上升到中國政府以優惠政策進行支援的階段。」而沒過多久，就在二〇〇四年五月底，中國商務部召集了中國各省、企業以及研究機關的有關人士到北京，召開了關於中國企業邁向海外市場的商討會。

對於中國將來仍會積極地進行海外投資的主要原因，我們可以從國家政策和個人角度分別進行分析。縱觀近來中國的趨勢，國有企業大幅減少的同時，民資企業不斷增多。而在這個過程中，新興產生的資本家由於充分認識到社會主義市場經濟的不可預見性，爲了確保自身資產的安全，從而以投資的方式，將自己一定數額的財產轉移到海外。而從國家的角度上來看，隨著龐大的經常收支順差的不斷積累，像滾雪球般不斷變大的外匯存底將成爲大問題。根據中國人民銀行的統計資料，二○○四年一月，中國的外匯存底達四千一百五十七億美元。而考慮到二○○四年三月中國的外債達到了兩千零二十三億美元，外匯存底的擴大正逐漸成爲通貨膨脹和人民幣升值壓力的主要原因。爲了解決這種不利局面，中國仍會不斷積極地投入到海外投資當中。

中國的五種海外投資模式

中國以高速發展與龐大的外匯存底爲基礎，在原油、鋼鐵等國際原料市場上，成爲名副其實的需求大戶。而中國的海外投資對象和類型也開始多樣化。

在過去，中國的對外投資主要以對外貿易事務所的設置和飲食行業爲中心。而這種中小規模投資的命脈至今仍然延續。據上海對外經濟貿易委員會的有關人士透露：「二○○四

中國海外投資的五種模式

1. **以貿易與小盤商為中心的中小規模投資**
   開設貿易事務所與進入飲食業
2. **以國有企業為中心的大規模投資**
   石油、天然氣、礦業等海外資源開發
3. **海外生產基地投資**
   以紡織、家電、電機、機械產品為主
4. **海外研究開發投資**
   以高科技產業為主
5. **活用外匯存底的中央政府投資**
   以投資海外債券為主

年，上海的一個民營企業，已經開始在韓國釜山地區進行了飲食行業的投資。」

當初，中國政府處理龐大的外匯存底的一個方法，就是大量買進美元債券。而最近又將目光轉向了歐元和港元的債券上面。但是據對外經濟研究院北京事務所（KIEP）透露，中國的海外投資逐漸開始多元化，將投資範圍擴大到礦產、林業、漁業、能源等資源開發和家電產品、紡織衣類、電子機械產品等海外加工貿易領域。

其中最引人注目的就是平均超過一千萬美元的大規模資源開發投資。在這些領域的投資中，主要以國營企業爲主。中國石油天然氣總公司、中國石油化學總公司、中國海洋石油總公司等三家國營石油公司，率先在海外油田和天然氣資源進行大量投資。上海寶鋼公司與世界最大的鐵礦石生產公司——巴西的CVRD共同合作，計劃在巴西建立鋼鐵廠。而這個年均生產規模定爲四百萬噸的大規模合作計劃，需要高達十至十五億美元的資金。

與中國人民銀行匯率政策處長的訪談錄

中國政府爲了減緩經濟過熱現象，正式推行了緊縮政策。因此，中國的國內外投資和出口以及匯率等，都將受到一定的影響。爲了解除疑惑，採訪小組來到了中國的中央銀行——人民銀行。下面就是採訪小組與人民銀行貨幣政策司匯率政策處長高材林博士的問答摘要。

據最近的外電報導，要求中國拋棄人民幣固定匯率制，並提升人民幣匯率的呼聲越來越高……

「在席捲東南亞的國際貨幣基金（IMF）金融危機的危急情況下，中國仍然堅決維持人民幣的匯率。中國的匯率變動將會對亞洲經濟產生巨大的影響。目前我國還沒有調整人民幣匯率的計劃。」

有些專家提出，隨著中國的外匯存底不斷擴大，通貨膨脹的壓力也將越來越大。因此，如果不提升人民幣匯率的話，就必須加大海外投資，同時減少外匯的保有量。

「直接參與實行國家政策的人與其他人的意見有可能不一樣。對於需要加大海外投資以減緩通貨膨脹壓力是學者們的見解。日本在一九八〇年代中期，也曾經試圖以大幅增加海外投資去解決通貨膨脹的問題，爲此，日本不但對世界經濟產生了巨大的影響，甚至在過去十年間，日本經濟都一直陷入不景氣狀態。」

對於海外投資，中國政府的許可制度有無變化？

「雖然在一九九〇年代中期以後，中國的海外投資規模每年都在發生變化，但是投資一直沒有中斷過。即便是國有企業，只要擁有符合規定的條件，都可以進行海外投資。同樣，對於民營企業也沒有大的限制。」

中國企業的海外投資主要將哪個地區和產業作為重點？

「中國企業的投資並沒有地區之分，在許多國家都進行了投資。現在來看，在東南亞，特別是越南和印尼等國家的投資比重相對較大。除此之外，在俄羅斯和蒙古等地區也進行著分散投資。雖然投資對象涉及了所有地區，但投資主要集中在能夠確保原料正常供應和以少量的投資能夠得到高額回報的領域。」

中國為了去除經濟泡沫而推行了緊縮政策，那麼有沒有提高儲蓄利息的計劃呢？

「自從東南亞的金融危機以來，中國經濟得到了飛速的發展，這是眾所周知的事實。雖然由於二〇〇三年的SARS事件，經濟發展受到一定程度的延緩，但是在二〇〇四年四月至五月，經濟成長速度已經比以前緩和，成功地使中國經濟得到了穩定。至於提高儲蓄利息的問題，要觀察中國外部的狀況，才能做出相應決定。」

十・華僑網絡的力量

上海是華商資本的金融樞紐

二〇〇四年六月中旬，採訪小組來到中國的經濟首都——上海市的浦東區黃浦江周邊。放眼望去，陸家嘴展現給我們的第一印象，是不遜於中國任何城市、任何大街的現代景象。在浦東新區，遍布著各式各樣設計獨特的高層建築。如果說浦東新區就是紐約的曼哈頓的話，那陸家嘴無疑就是它的核心——華爾街的角色。因爲在其總面積不過二十八萬平方公尺的地段，竟然密集了兩百多家中外企業的辦事處和金融機構。近來，韓國的金融機構也終於登上了中國的金融中心——陸家嘴。但是在陸家嘴，最常見到的還是在中國金融開放之前，先行進入中國的英資香港上海銀行（HSBC）等，與中國有著一定淵源的金融機構。這也透露出了長期以來，一直以成爲亞洲金融樞紐爲目標的上海，將華僑資本作爲尖兵使用的長遠計劃。

不僅在上海，在中國的所有地區、甚至所有有中國人居住的世界各個地區，都有以龐大的資產進行著經濟統制的華僑巨商。在世界各地，居住著超過了三千四百萬名的華僑。他們是最大的移民集團，對東南亞和中國的經濟影響也相當巨大。華僑與猶太人都是世界經濟的幕後主宰者。

掌控東南亞商權的巨掌

採訪小組曾在北京遇到了中國工商聯合會的聯絡部部長趙宏先生，他強調說：「華僑也屬外國人，在中國本土投資上面沒有特惠政策。」他還補充道：「海外的華僑，特別是華商們，在愛國心和勤勉性等方面維持了優良的傳統。」華僑所特有的商道和勤勉性，儼然已成爲承接「大中華」精神的連接鎖鍊，並將全球的華僑共置於一個網絡之下。

實際上，在二〇〇一年中國的外商直接投資中，兩百一十六億美元是來自華僑的資本，這個數值超過了總投資額的一半。我們一般只將中國大陸、香港、澳門以及台灣放在一起，統稱爲中華經濟圈。但是在其周邊的東南亞國家聯合的成員國，即新加坡、馬來西亞、印尼等地，華僑也掌握著其主要的經濟命脈。在亞洲地區總共生活著約兩千六百萬名華僑，其中約八十五%（兩千兩百萬名）居住在東南亞地區。他們雖然只佔據東南亞總人口的一〇%，但是卻掌控著東南亞六〇%以上的區內貿易。

即使除去漢族人佔大多數的新加坡不計，泰國最富有的財閥中有六個是華僑資本，而印尼的前十位財閥，全部都由華僑資本掌控著。據一九九七年美國著名的經濟雜誌《富比世》統計，世界十大億萬富翁的名單中，以香港的長江實業董事長李嘉誠爲首的四名華商赫然在列，這也向我們再次證明了華僑擁有的巨大財力。還有，在美國《財星》選定的「世界五百大企業」中，中國企業也佔據了十五席，超過了韓國的十一席。

北京政府積極支持世界華商大會的召開

華僑資本並不僅局限於東南亞狹小的範圍之內。在美國的舊金山、紐約等大城市，都專門設有中國城。甚至在俄羅斯的古都——聖彼得堡也傳來正在建設中國城的報導。二〇〇四年四月，中國上海的產業投資公司與俄羅斯方面協商，計劃在聖彼得堡市投資十億美元，建設大型購物中心、酒店、住宅區、中國餐廳等服務產業。

爲了進一步開發華商的潛力，並擴大華商在中國大陸的投資，中國政府積極促進世界華商網絡的構成，每兩年召開一次的世界華商大會（WCEC）也得到中國政府的積極支持。二〇〇三年，新加坡前總理李光耀先生於一九九一年提議並成立的世界華商大會，在馬來西亞隆重召開。

但是，唯獨在韓國，華僑們沒有扎下很深的根基。就在一九六〇年初期，韓國的華僑總數還超過了十萬名。可是後來，由於韓國社會特有的排他性等原因，現在在韓國的華僑總數不過二至三萬名左右。特別是在金融危機之後，雖然韓國半推半就地達到了世界化，但是國內仍然出現了「由於韓國國內華僑商權不夠完善，因此韓國企業無法最大效率地使用已經遍及全世界的華僑網絡」的主張。爲此，在中、韓兩國經濟的「雙贏」戰略背景下，產生的「必須對華僑實施具有傾向性的政策」的主張，也越來越得到大多數人的擁護。而無論是現在正在建設當中的仁川市松島中國城，還是正在計劃當中的漢城市上岩中國城、一山中國城，都讓人覺得晚了一些。但是讓人較爲欣慰的是，韓國擊敗了日本和澳大利亞，獲得了二〇〇五年世界華商大會的舉辦權。而中國人的海外自由化和大量湧進韓國證券市場的新加坡資本等，都能讓人看到泛中華圈對韓國投資的美好未來。

十年間經濟成長率維持在八%

撰稿人：張宇燕（中國社會科學院亞太研究所副所長）

進入二十一世紀，中國經濟的發展前景、戰略與未來的變化，不僅被所有中國人所關注，也成為周邊國家以及全世界所關心的大事。據《世界千年經濟史》記載，一八二〇年中國的國內生產總值（GDP）佔全世界總量的三十二．九%，高居世界第一位，而第二位印度僅佔據十六%，不到中國的一半。第三、四位分別是法國和英國，但這兩個國家加在一起也不過佔全世界的二十三．六%。可是，進入現代社會以後，由於外國的侵略與內部管理的失敗，中國經濟跌入了谷底。

中國從一九七八年開始實行改革開放制度，鄧小平親自構想了「三步走」戰略，也就是中國的國內生產總值要在每十年翻一番的構想。具體目標則是一九八〇年兩千五百億美元、一九九〇年五千億美元、兩千年一兆美元。而進入二十一世紀之後的目標則是，在三十至五十年間國民生產總值增加四倍。

第一、二個階段都已經實現。兩千年末，中國的人均生產總值達到了七千零七十八美元，這個數值是一九八〇年的十五倍。而中國經濟在一九七八年至兩千年以平均每年九．五%的增長率高速發展。這個速度是世界經濟年均增長速度的三倍，而中國的經濟規模也超過了義大利，一舉成為世界第六大經濟強國。

二十一世紀的最初二十年，是中國的絕好機會。一九九七年，中國政府制定了二十一世紀前半個五十年的「新三步走」戰略目標。而世界貿易組織（WTO）的加入，也為中國對國際合作和競爭的全面參與提供了有利的條件。二十年之內，中國將徹底解決溫飽問題，並實現小康社會。

第一階段（二〇〇〇至二〇一〇年）的經濟增長速度能夠維持在八%左右，而第二個階段（二〇一〇至二〇三〇年）和第三階段（二〇三〇至二〇五〇年）只需要分別保持在六%和四%至五%左右就可以了。具體計劃爲，二〇一〇年的國內生產總值達到二〇〇〇年的兩倍，而二〇二〇年達到四倍。在二〇五〇年，也就是建國一百周年的時候，中國要實現現代化，並建立起富強、民主、文明的社會主義國家。

另外，到二〇二〇年，中國的綜合實力要緊隨美國、日本之後，達到世界第三位，並且國際競爭力要達到世界第十五位。中國的經濟實力要在二〇〇五年超過法國、二〇〇六年超過英國、二〇一二年超過德國。如果順利的話，在二十一世紀中葉，中國將超過日本，成爲世界第二位的經濟大國。樂觀的看，如果國內外能夠保持和平安定的氣氛，中國在未來三十年間，都有可能維持在八%至一〇%的經濟增長率。如果美國經濟一直以三%的速度增長的話，那麼在二十一世紀中葉，中國也有可能超越美國，成爲世界第一大經濟強國。

中國國內認爲，中國的發展對人類歷史做出了巨大貢獻。從十八世紀中葉開始的產業革命，直到今天已經經歷了二百五十多年。而如果到了二十一世紀中葉，擁有十五億人口的中國果然實現了工業化，並獲得了現代物質文明的成果的話，這將極大地推動世界歷史的發展。對於中華民族，二十一世紀是決定其命運的重要時期。

紅色資本家初露鋒芒

在中國社會，「紅色資本家」開始嶄露頭角。紅色資本家原本是指那些得到中國政府直接任命、經營國營企業的人士。但是到了二〇〇四年，一些新興企業家以最近數年間的利潤動機爲武裝，大舉進入中國共產黨內部，成爲黨內的高層幹部，打開了另一個意義下的「紅色資本家」時代。如果以傳統的馬克思主義或毛澤東思想衡量的話，這些新興意義的「紅色資本家」都屬於典型的資產階級。但是現在，這些「紅色資本家」反而紛紛加入了共產黨，並在黨內擔任核心幹部的職位。

採訪小組遇到了一位身居中國共產黨高位的消息人士，對此，他向我們透露：「現在部長級以上的中國共產黨中央委員會委員和全國人民代表大會代表的二〇%至三〇%是企業人士。」他還補充道：「在國家政策的決定過程中，提高企業人士的參與比重，是中國共產黨的新趨勢。」這位人士不僅現爲共產黨的黨內幹部，而且還曾經在國家經濟貿易委員會以及國有資產管理委員會等重要部門任職。他透露：「中國最大的白色家電企業——海爾的張瑞敏總裁，也在二〇〇四年成爲共產黨內最高職位的政治局候補委員。」

二〇〇三年十一月，中國的TCL集團與法國的湯姆笙電子公司合作，聯手打造了世界最大的彩色電視生產線。而TCL集團的最高經營者李東生也正是代表性的紅色資本家。他在二〇〇二年被選爲中國共產黨第十六次全國人民代表大會代表。可是，從二〇〇四年開始，他將自己一手經營起來的TCL集團進行了資產重組。

美國的經濟雜誌《財星》詳細地介紹了TCL集團資本重組的具體內容：二〇〇四年一月，在TCL增資三億三千萬美元的過程中，以代表國家的惠州市政府所持有的資產率降爲二十五%（原爲四〇．九七%），而民間資產率爲三十八%，進行了資產重組。這與一九九六年之後惠州市政府高達八〇%的資產佔有率相較，可以說TCL不再是國有企業，搖身一變成了「民營企業」。在階級分化，即貧富差距的擴大和紅色資本家的不斷湧現的現實面前，自毛澤東時代以後，五星紅旗彷佛已經褪去了原有的色彩。

那麼，「中國式的市場社會主義到底是什麼？」「鄧小平式的改革開放的終點又在哪裡？」隨著這些疑問產生，對於「中國共產黨是否陷入了本質危機」的質疑，也逐漸在中國民眾之間傳遞。對此，中國共產黨的消息人士解釋道：「中國只是按照鄧小平同志制定的改革開放路線，走著市場社會主義的道路而已。」強烈地否定了「體制動搖論」。

但是，隨著紅色資本家的出現，在中國共產黨的內部以及中國經濟的生產方式上，正發生著「化學變化」卻是一個不爭的事實。紅色資本家的出現，是隨著江澤民的「三個代表」論加入到中國共產黨黨綱之後開始萌發的。這也是考慮到自從一九七八年鄧小平親自指揮改革開放以後，民間領域的經濟成長雖然取得了巨大的成果，但是由於法律保障仍不健全，所以也成爲中國整體經濟活動的巨大絆腳石。

透過二〇〇四年召開的第十次全國人民代表大會第二次會議，私有財產保護規定更加完善。特別是憲法第十一條對私營經濟的規定更加具體化。對於私營經濟，也明確表示「國家積極鼓勵、支持非公有制的經濟發展」，這也使得資本主義的色彩更加濃厚。

這種種變化，究竟是使中國社會體制發生了脫胎換骨的效應？還是按照中國共產黨所主張的那樣，僅僅是中國式市場社會主義的發展過程？到目前爲止，還很難對此準確定義。但有一點是肯定的，那就是爲了成爲世界經濟強國，中國共產黨駕駛著「中國號」列車，正打開左側（強調社會主義思想）轉向燈，向右側（重視市場和經濟）全速前進。

十一・上海集中採訪㈠

二〇〇四年吸引外資一百一十億美元，是韓國的兩倍

到二〇〇四年三月底爲止，世界性跨國企業在上海建立的亞洲本部已經達到了六十一個，而它們的核心組織——研究開發中心也已經達到了一百一十一個。中國人常說：「如果想瞭解中國的過去就去西安，如果想看中國的現在就去北京，但如果想要知道中國的未來就去上海。」被評價爲新中國未來發展模式的上海究竟是一個怎樣的城市呢？爲了解開疑問，採訪小組對上海進行了集中採訪。

上海浦東開發區位於長江的支流——黃浦江兩岸，兩個市區隔江相望。不過僅在十幾年前，這裡還是一片荒蕪之地。曾經只是一座小漁村的浦東開發區，現今卻以每年十七％的國內生產總值增長率，持續令人矚目的發展速度。現在，浦東開發區已經變成一個正在大口吞噬著世界超一流的跨國企業與它們所擁有的資本和技術的經濟黑洞。

浦東開發區的成功關鍵就在於政府的果斷投資和政策支持。上海的浦東開發政策用一句話說，就是破格政策。從最初開始，浦東開發計劃就是以破格性的程序和目標進行的。

在一九九一至一九九五年的第一階段開發中，三十一億美元投資在這個幾乎荒無人煙的地方，建設了交通、通信、能源等基礎設施。從一九九六年的浦東國際機場竣工開始，到兩千年爲止的第二階段開發中，投入了相當於第一階段四倍的一百二十五億美元，建設起機場、港口、地鐵等社會間接設施。

資訊科技領域佔國內生產總值的一〇%，積極建設「第二個浦東」

兩千年以後，主要對資訊通信進行集中性投資，建立起了城市資訊化產業，並計劃到二〇〇五年爲止，將其提升到先進國家的水平。上海資訊化委員會的周衛東秘書長透露：「資訊通信領域已經佔據了上海國內生產總值的一〇%。」

繼浦東開發區之後，上海市又開始積極籌備另一個充滿野心的計劃。那就是將緊鄰浦東的兩百九十三萬平方公尺的荒涼地作爲「臨港綜合經濟開發區」，將其建設成以工業園區爲中心的新城市。預計投資總額高達兩百五十億美元。總開發面積爲浦東開發區的三倍，總投資額爲一・六倍。這個計劃已於二〇〇三年十一月正式啓動，預計在二〇二〇年完工。隨著

上海市民的消費水準

（每100戶持有量，2003年，上海市統計局）

電視	168台
冷氣	136台
DVD	74台
手機	133支
電腦	60台
熱水器	81台

上海市現況（2003年）

人口	1711萬名
人均產值	5800美元
購買力換算人均產值	2萬美元
外國人投資	110億美元
世界五百大企業中進入企業數	200餘個

這個計劃的完工，上海將具有以金融、貿易爲中心的浦東地區，和以物流、產業爲中心的臨港地區等，兩大經濟開發區，並由此跨入國際大都市的行列。

二〇一〇年將於上海黃浦江兩岸召開的世界博覽會，也是上海的另一個撒手鐧。上海爲了承辦世界博覽會，計劃投資三百七十六億美元；位於南浦大橋和盧浦大橋之間的五．二八平方公里的地段，也正爲博覽會的召開加以重建。上海是中央政府從最初開始就以詳密的計劃建設而成的經濟首都，與位於北方的政治首都北京遙相呼應，共同承擔起中國經濟發展的重任。二〇〇八年的北京奧運會和二〇一〇年的上海世界博覽會，無疑是給中國打了一針強心劑。上海世界博覽會事務合作局的周漢民副局長說道：「北京奧林匹克大會的經驗將成爲上海世博會成功召開的保證。」

上海一方面積極促進國有企業的改革政策，另一方面爲了吸引外資而持續努力。二〇〇二年末，上海市又推出了對於七個業種的外資引進和企業合併的新規定，在吸引外資上面顯示其積極的一面。

除此之外，上海還對位於保稅區的一百多家外資企業賦予了貿易權。一直以來，中國對於外資企業的產品、原材料進出口權利都進行著嚴格的限制。企業的貿易權雖然歸中國中央政府進行管理，但是對於上海外資企業的貿易權開放，則是隨著中國加入世界貿易組織而推出的規定緩和措施之一。獲得貿易權的外資企業在進出口的時候，可以在向中國貿易公司支付的費用方面得到一定程度的優惠。

這些努力的結果，使得上海在二〇〇四年一年中，就吸引了相當於韓國兩倍的一百一十億美元的外商投資。這也是因爲上海被評爲中國投資環境最優秀的地區，所以才吸引了如此眾多的跨國企業的大量投資。

上海的昨日與今日

上海不僅向世人展現著中國未來的景象，而且還是一個具有過去和現在風貌的城市。在中國的歷史上，第一次使用「上海」這個地名，是在南宋初期設立「上海集市」的時候。後來，一六八五年，清朝爲了與外國進行貿易，而在上海設立了「江南關」。一八四二年，中國在英國人軍艦大炮的威脅之下，簽訂了屈辱的「南京條約」，受到了西方列強的長期侵佔。當時，資本主義也隨著外國軍艦一同進入了上海，上海與上海人的國際化也是從那時開始形成的。這些國際化的經驗對於後來上海發展爲國際化大都市發揮了原動力的作用。一九三〇年代，上海已經成爲當時亞洲資本主義最發達的經濟、金融中心城市。可是後來，隨著社會主義的改造，上海逐漸失去了「亞洲巴黎」的美譽。

在中國的改革開放初期，上海並未引起人們太多的關注。但是隨著一九九〇年代浦東地區的開發，上海一夜之間成爲中國經濟發展的「明珠」城市，上海模式也被定爲未來中國的發展模式。在這個過程中，擁有國際化經驗的上海市能夠更加容易地接觸到外資企業，現在已經成爲中國最大的國際都市。

從歷史上看，上海之所以能夠發展成國際性大都市，是與它的地理位置有著絕對的關係。從很早以前，上海港口就因爲與海相望，而成爲著名的物流中心。二〇〇二年上海港憑藉八百六十萬個二十英呎的貨櫃吞吐量，而列居釜山港之後，成爲世界第四大港。二〇〇三年，上海港的吞吐量一舉超過了釜山港，成爲第三大港。到了二〇〇四年，上海港進一步拉開與釜山港的距離。

上海市計劃，到二〇一一年時，將上海港的泊位由現在的十八個增至七十四個，成爲世界最大港。上海市的有關人士透露：「上海市計劃在二〇二〇年之前，將上海建設成具有現在釜山港兩倍以上港口設施的世界最大的物流中心。」

中國擁有著幾千年的燦爛文明與經濟成果。在漢、唐、明、清等統一朝代，中國就曾經佔據過全世界收入的二〇%以上。在一八二〇年，中國還創下過達全世界收入三分之一的記錄。可惜，在清朝末期，由於受到了西方列強的侵略，中國經濟開始陷入低潮。在大躍進和文化大革命的混沌時期，曾經跌到僅佔世界總收入四%的谷底。

但是現在，擁有十三億人口的中國，正準備找回擁有世界二十五%經濟力的輝煌時期。在採訪過程中遇到的眾多中國人都表示了「與『崛起』相比，『復興』更加恰當」的意見。在中國重新找回過去榮耀的過程中，上海站在了最前端。

二〇〇三年上海市的人口為一千七百一十一萬名，人均國內總產值約為五千八百美元左右。如果將其換算成購買力的話，大約超過兩萬美元。二〇〇四年五月，外資企業在上海投資的項目超過四萬五千個。在世界五百大企業中，已經有兩百餘家進入了上海。最近，許多跨國企業都計劃將原本設在香港的亞洲本部，遷移到中國的上海。上海正成為跨國企業競爭的舞台。

十二・上海集中探訪(二)

「機會之地」吸引著全世界

投資環境優越，通用汽車、IBM等六十個企業總部入駐

韓國人經常會問：「數年之後，上海是否會超越首爾？」中國人在十年前就曾經提出過這個問題。但是現在情況已然發生變化，他們會問：「什麼時候上海會成爲世界最大的城市？」採訪完上海的投資環境之後，採訪小組終於理解到中國人的這種自信感。從大連開始，天津、青島、上海、寧波、廈門、福州、深圳、廣州等沿海城市鏈結成了一條紐帶，而上海正處於這條紐帶的中心。如果將東部沿海地區的各大城市用線連接起來的話，會形成一個弓的模樣。而如果將由西向東奔流六千多公里、將內陸與大海連接起來的長江比喻作箭的

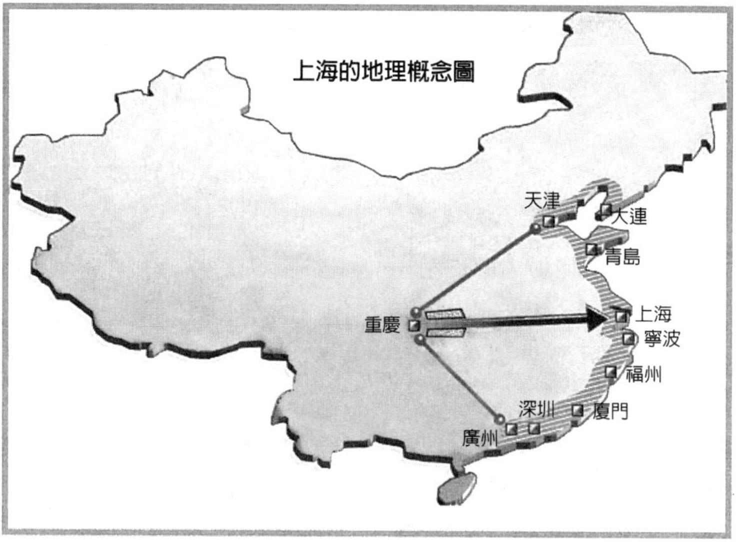

中國的東部沿海城市比內陸更早開放，如果將東部沿海地區的各大城市用線連接起來的話，會形成一個弓的模樣。而如果把由西向東，將內陸與大海連接起來的長江比喻作箭的話，那麼身為中國經濟核心的上海可以比擬作箭頭。

話，那麼處於弓箭正中央的上海則可以比擬作箭頭。而這個箭頭正指向廣闊的太平洋，這也象徵著渴望上海成為世界中心都市的上海市民的願望。

在經濟上，上海是中國最大的經濟圈——長江三角洲的正中心。在上海市周圍的浙江省、安徽省、江蘇省等，都是中國最早實現改革開放的地區。而周邊的揚州、無錫、蘇州、杭州等十餘個城市也都是中國的歷史名城。與長江三角洲緊密相鄰的十五個城市的國內生產總值，竟然佔據了中國整體經濟的十九．五％。周邊地區的市場潛力，也是促使跨國企業不斷向上海投資的重要原因之一。

長期以來，上海一直在中央政府特

殊的關懷下飛速發展。浦東開發區的最初構想者正是鄧小平，而直接指揮這個建設計劃的也正是江澤民、朱鎔基、李嵐清、吳邦國、曾慶紅等中央領導。他們都出身於上海，也形成了掌握著中央政治實權的「上海幫」。

中國政府有意圖地將北京放在一邊，而不斷爲上海引進各種世界性活動，使上海市飛速上升到國際大都市的地位。一九九九年秋天，就在浦東的東方明珠電視塔前面的國際金融中心，召開了由世界五百大企業參加的「財富世界五百大峰會」。二〇〇一年，亞太經濟合作會議（APEC）也順利在上海召開。而二〇一〇年的世界博覽會則將成爲上海的另一個騰飛契機。

對於那些希望在上海進行投資的企業，在看到無限機會的同時，也要考慮風險。與深圳、珠海等其他經濟特區不同，上海的浦東新區是擁有高科技產業的生產、研究開發，以及最尖端的物流系統的樞紐式特區，在客觀條件上是投資

上海浦東開發區投資階段

第一階段（1991～1995年）
投資250億元，構築交通、通信、能源等基盤設施

第二階段（1996～2000年）
投資1000億元，建構機場、港灣、地下鐵等社會間接設施

第三階段（2001～現在）
集中投資資訊通信，發展成全球金融中心

長江三角洲15個都市的經濟指標

2003年	長江三角洲	全國
國內總產值（億元）	22774.2（19.5%）	116693.6
固定資產投資（億元）	10588.5（19.2%）	55118
消費品總額（億元）	6923（15.1%）	45842
出口（億美元）	1386.8（31.6%）	4383.7
海外直接投資（億美元）	255.7（47.8%）	535

資料：浦東外國投資2004年3月號

機會最多的地區。因此通用汽車、IBM、奇異、飛利浦、阿爾卡特、花旗銀行等六十多家跨國企業的本部全都設立於此。

豐富的高級人力資源也是上海擁有的優勢之一。從一九九〇年代後期開始，在西歐知名大學裡獲得企管碩士或經濟學博士學位的、以先進經驗和知識武裝起來的「海歸派」，紛紛回到中國，成爲牽引中國經濟高速發展的主力軍。改革開放以後，中國共有五十八萬人留學海外，其中已經歸國了十五萬人，在全國範圍內建立起了四千多家企業。僅在上海一帶，最近五年間的海歸派人數就超過了兩萬人。

海歸派大都聚集到「機會之地」——上海。這其中的原因非常簡單，那就是金錢與機會。如果企業是靠股票期權來吸引人才的話，那麼政府對於優秀人才的鼓勵，也使得海歸派不斷湧入上海。對於在國外知名大學獲得博士學位，回國後在國內大學任教的留學生，學校會提供免費的住宅和充足的研究經費。而對於爲外國人子女建立國際學校，上海市政府也積極支援。

海歸派的出現，在幾個方面產生了效果。在上海市的公務員中，有相當一部分擁有海外留學的經驗，他們習慣於提供先進的公共服務。現在，在上海市政府中，正進行著一場高強度的資本主義式改革。而改革的重點則是打破進入市場的阻礙、縮小政府干涉、改善投資環境、重整法律環境，以及擴大市場效率等。在二〇〇三年，中國兩百餘個城市競爭力評比中，上海高居榜首，再次證明了上海市優秀的投資環境。而現在可以肯定的一點則是，在上海市政府的改革完成之後，上海的投資機會將會變得更多。

國際化熱潮，「危險也大」

當然，上海的投資前景也並非一片光明。在短時期內完成的飛速發展，不可避免地帶來了許多問題。城市生活費的上升、高價的勞動成本、日漸惡化的交通情況等，正逐漸成爲商務環境惡化的主要原因。由於急遽上升的房地產租金，也使得外國企業紛紛陷入困境。浦東地區最高的建築物——四百二十公尺的金茂大廈的租金，已經達到了與香港最昂貴的大廈相同的水準。

認爲「已經錯過了上海投資的最佳時期」的人們並不在少數。對此，中國商務部跨國企業研究中心的王志樂主任也說道：「考慮到上海高昂的工資成本和房地產價格，不明白韓國企業爲什麼一定要進入上海。」這也表示與上海相比，對其周邊地區的投資將更加恰當的含義。

事實上，上海的國際化熱風已經快速地擴散到其周邊城市，而這些城市也逐漸形成新的投資地。韓國Hana銀行的上海支店長高光中也提到：「與短期的利益相比，如果考慮到長期的發展可能性，上海周邊的城市也非常値得關注。」

在這樣的背景下，作爲上海的替代投資地，蘇州正飛速地進入海外投資企業的視野。位於上海市西部一個小時距離的江蘇省蘇州市，是一個完全模仿上海市建設起來的國際城市。最近有許多先期進入上海的外國企業，紛紛又遷移到了蘇州。除了蘇州以外，還有與台灣電腦產業有著緊密關係的崑山，電子零件、LCD行業的集結地無錫、南京等城市，都逐漸發展成對上海造成一定威脅的新興城市。

韓國中小企業「不要問太多，儘管投資」戰略的失敗

在已然成爲跨國企業競爭戰場的上海，韓國的企業又是怎樣的呢？

據浦東開發區國際交流中心宣傳部副部長馬學傑先生介紹：「在上海市的核心區域——浦東，已經進駐了一萬多家外資企業。」其中韓國企業只有兩百二十三家，比預想的要少。

中國是韓國繼香港、維吉尼亞諸島之後，在海外投資最多的第三大國家。對於韓國對上海投資不振的原因，馬學傑先生這樣分析道：「這是因爲韓國中小企業的投資較少的原因。與美國、日本、新加坡的企業相比，韓國企業的實力仍然存在差距。韓國企業應該尋找符合自身特徵的投資機會。」

這種分析並非沒有實際根據。韓國大企業對中國的投資，是透過徹底的事前調查，並充分地進行戰略分析之後，才愼重進行的，因此成功的機率非常大。但是中小企業的情況則不同，它們大都只憑著「機會多」的原因，就毫無準備地進入中國，最終因爲對中國式習慣和對法律知識及經驗的不足而導致失敗。

但是，即便如此，韓國的中小企業仍然需要更加積極地進入中國。雖然獲得經驗和知識並非一件容易的事情，但是直接奔波於現場，就能夠以最快的速度獲得所需要的經驗。如果說上海是中國的未來，是跨國企業的競爭戰場的話，那麼難道韓國企業不需要在上海積累更多的經驗？

爲了使獲得經驗的代價最小化，中小企業需要能夠透過輿論或研究所，比較容易地獲得專家的幫助。而對於政府和社會，如何在短期間內，有系統地培養出多領域的中國專家，才是最緊要的課題。

十三・景山學校的改革實驗

教育的重點並非現在的能力，而是為將來的活動做好準備

尋求比進入名校更具教育價值的精神

鄧小平的孫子、孫女，前總理及全國人民代表大會委員長李鵬的孫子們，前副總理萬里的孫子、孫女等，景山學校的歷屆學生家長中，都不乏中國最高領導集團的高級官員。據范祿燕校長介紹，現在還有相當一部分身居高位的領導級人士的子孫們在景山學校上學。

學校位於與北京王府井大街緊鄰的繁華街道——燈市口大街的一側建築群中。在景山學校的畢業生中，將軍、部長、銀行行長、國營企業的最高經營者等社會領導級人士層出不窮。「我們並不重視地位，而是優先選拔對國家有卓越貢獻人士的子女，從國家領袖級人士

直到科技人員、國營企業員工、教師、普通職工等多種多樣。」由此可以看出，景山學校在招生時所採取的並非隨機性抽籤的辦法，而是執行著學校既定的一種標準。

「貴族學校？我們既是重點學校，也是試驗學校。」范祿燕校長向我們解釋，景山學校與每年需要繳納相當於數百萬韓元的貴族學校從根本上不同，景山學校施行的是九年義務教育，因此學費都是免費的。所謂重點學校就是政府特殊支持培養的學校，而實踐學校則是爲了教育改革，在學制、教學內容、教學方法等方面，以比較特別的方式進行教學的學校。

一九六〇年，中國共產黨宣傳部設立了景山學校。而從一九八二年開始，景山學校被指定爲世界遺產組織亞洲地區的聯絡中心。在景山學校的門牌下面，從小學直到中學、高中，都在同一個環境生活。如果本人願意，可以一直升學到本校的上一級學校。小學的一個學年一般選拔一百八十人左右，全員都升入初中。而到了高中之後，還需要從外部招進四〇%左右的學生，以補充學生來源。

景山學校的學生家長王黛軍（北京工業大學教授）說：「我很欣賞這個學校的教學方式，特別是能夠培養學生獨立思考問題的能力，給予學生自由選擇的權利，尊重並培養學生的特性。」其他學校爲了提高升學率，每天將學生關在學校，進行「注入式」教育，直到晚上七至八點鐘。而景山學校每天四至五點鐘就放學。

但是，景山學校高中部的大學升學率是一〇〇%。並且，每五名學生中，就有一名進入中國最著名的大學——北京大學和清華大學，而九〇%的畢業生都能進入中國重點大學。也許是因爲相對於升學率而言，更加強調學生的創造力和自律性的教育之故，在北京大學和清華大學的升學率上，景山學校並未能佔據第一名的位置。「在北京大學、清華大學的升學率上，北京四中、北京師範大學附屬高中、人民大學附屬高中都在我們前面。但是，我們仍然爲我們學校的畢業生接受了更多在這個知識社會中所需要的教育而感到自豪。」

雖然景山學校的營運經費主要是從共產黨宣傳部和文化部得到，但是其中也有相當一部分經費來自國營企業的財政支援。不但如此，景山學校也非常歡迎外國企業或私營企業的捐贈，而在其學生當中，也有一部分是美國企業員工的子女。這也向我們展示了在中國雖然稱爲國立學校，但卻並非只接受政府的支援。

景山學校打破了常規的六—三—三學制，給教育制度帶來了新的變化。擔任學務管理的孫迎春老師這樣說明道：「小學五年、初中四年、高中三年的五—四—三學制的實踐，最終獲得了成功。小學太過鬆散，而初中學生則會因爲數學、物理等突然變難的教學課程，以及心理、身體變化帶來的重壓感，而感到吃不消，這需要一段適應時間。因此我們認爲初中課程應該更長一些。」

孫老師還介紹說：受到從一九六〇年開始的景山學校學制實踐，上海一半以上的學校都已經引進五—四—三學制，而教育當局也表示將來要在全國範圍內普及五—四—三學制。景山學校不負「重點、實踐」學校的盛名，連國語和英語等外國語教科書都由學校獨自編纂。英語從小學一年級開始，就進行每週兩個小時的教學，與閱讀相比，更加重視培養學生的聽力與會話能力。因此，學校專門聘請了美國人或英國人等外國教師輔導學生們的英語入門。而國語則會透過歷史故事，或是能夠刺激學生們想像力和關心的故事，來進行講解。

范祿燕校長還說：「體育課的教學方式也與其他學校不同。我們提倡『更快、更遠、更久』的口號，進行體力強化型教學。我們的體育課程重點就是配合個人的特性，對青少年發育發揮促進作用。」她還強調：「我們學校的教育重點並非現在的能力，而是爲將來的活動做好準備。」

特派員與景山學校學生們的直接交流

「韓國電影和電視劇、世界盃和足球隊、捐金運動、樂天世界、濟州島、手機、北京現代汽車……」

對於「你們知道哪些關於韓國的事物？」的詢問，景山高中一年級的學生們不加思索地說出一串詞語。而就在這時，坐在教室中間位置的一名臉上長滿了青春痘的男學生突然舉起手，大聲喊道「黑哨」。隨之，教室裡的所有學生都哈哈大笑起來。「黑哨」在中國國內就是指在足球比賽當中，主裁判在背後拿到黑錢後，在比賽中對某一隊進行不公正判決的行爲。而這些學生的笑聲正是在譏諷二〇〇二年世界盃中，韓國足球隊的優異成績和某些比賽與黑哨有著直接關係的意思。

「關於北韓，又會想到什麼?」當採訪小組提出問題，一名男學生就舉起手回答「馬鈴薯」。這也說明了在學生的印象中，北韓一直是與饑餓、貧窮緊密相連的。在核武、金日成、金正日等之後，學生們又把北韓冷麵、朝鮮拌飯等帶有「朝鮮」兩字的單詞一一羅列了出來。韓國的傳統飲食，在中國卻被加上「朝鮮」兩個字，可見中國的少年們完全是以兩個文化體來看待北韓和韓國的，並將其區分爲各自擁有不同語言的兩個國家。韓國在很短的時間內，經濟得到了高速發展，這一點留給中國人的印象非常深，並且中國人普遍對韓國抱有親近感。

當採訪小組問到「將來理想」的時候，所有學生都露出了「這是什麼垃圾問題?」的表情。但是在採訪小組強烈的要求下，與韓國學生的「宇宙科學家、生物學者」等回答不同，回答爲「科技工作者」或「工學技術者」的學生們佔了壓倒性優勢。

當問到「最喜歡或尊敬的人物是誰?」的時候，大多數學生回答爲「周華健」、「張信哲」等歌手或演藝界明星，以及姚明等在美國職籃聯盟打球的中國運動員。當採訪小組用英語進行提問的時候，學生們也不加思索地用英語回答。據瞭解，已經有好幾名學生現在正在英國等英語圈國家，參加夏令營活動。對於美國，學生們大都以「一方的」、「霸權主義」等詞彙表示出否定性印象。一個學生還直接說道：「我討厭傲慢的美國，我的目標是到英國留學。」劉興華老師指出：「活潑積極、心直口快是現代青少年的特徵。由於他們絕大部分都是家裡的獨生子女，所以從小就在父母的過度關心和保護下成長，養成了他們強烈的自我中心意識。」

北京大學與清華大學校園內的「小學、初中、高中生的行列」

「向北大、清華（北京大學和清華大學的簡稱）出發！」北京大學和清華大學的七月份教程安排，被從全國各地湧來的小學、初中、高中學生們全面佔領。每年放假，都會有大批學生團體進入北大和清華。一個學生團隊，最少十五至二十名左右，多的時候，則達到一百多名，以教徒進行聖地巡禮的姿態，浩浩蕩蕩地湧進中國最高學府的校園。

「望子成龍」心切的學生家長們，好像去過北大、清華校園訪問，就會把孩子未來的大學聯考與北大、清華串聯起來似的，不遺餘力地提供著去北京的飛機票和食宿費。甚至有不少地區旅行社利用學生家長們的這種願望，乾脆推出了「北大、清華探訪體驗」的旅遊路線。在四天三夜或四天四夜的時間裡，學生們可以按照安排住在北大、清華的學生宿舍，並參觀學校設施、與大學生對話，以及學校領導的說明會等活動。學生家長們認爲這種活動能夠刺激孩子們的學習欲望，因此這種活動相當受到歡迎。

中南財經政法大學的王開明教授介紹道：「大城市的學生家長們，爲了使孩子們能夠在高考中獲得加分，而將孩子短期內送到新疆省或青海省等低收入地區上學。這種『高考移民』正逐漸成爲社會問題，也從另一個方面反映了對於『上大學』的渴望程度。」

十四・高度緊張的兩岸關係

經濟另議，觀光、投資湧向台灣

二〇〇四年六月，採訪小組來到中國福建省廈門市的一個碼頭，隔海向南望去，台灣就在眼前。這裡距離台灣金門島周邊的小島不過四・六公里的路程。最近，烏雲成爲日漸惡化的兩岸關係的象徵。但是，即使在這種高度緊張的狀態下，廈門市每天都有新的高層建築平空而起，來自全國各地的遊客也絡繹不絕。這種現象展示了被稱爲中國「板門店」的廈門市的「雙重性格」。

廈門是中國南方的一處著名旅遊勝地，每年都會吸引約二十萬名台灣遊客前來觀光，大筆大筆地吞噬著台幣。台灣的中國投資額佔全部海外投資額的四〇%左右，一九八七年以來，進入中國的台灣企業數量已經達到三萬多家，而投資項目也達到了六萬多個，總投資規模超過了六百億美元。

廈門實際上已經成爲錢和人通過的關口，即使在兩岸相對的諸多島嶼和山野中埋藏著的大量飛彈，彷彿也無法阻止這種趨勢的發展。難道是從某位人民解放軍高層人士「如果台灣敢攻擊三峽大壩，那麼我們就要打得台灣上不見天，下不見地」的豪言壯語中，得到了力量？在廈門遇到的一位四十歲左右的計程車司機說：「誰去想那些啊？難道台灣會攻打廈門？」他的這番話也代表了大部分廈門人實際的想法。在廈門當地的韓國企業管理者也表示：「沒有感覺到任何心理上的動搖。」

那麼，難道廈門人對於近在咫尺的台灣就一點也不關心嗎？採訪小組的朝鮮族導遊說道：「對於台灣的總統大選，廈門人還是相當關注的。」他說：「陳水扁總統槍擊事件和總統大選開票當日的報紙，瞬間就被搶購一空，每個人都爭先回家看新聞報導，大街上幾乎看不到一個行人。」當然，這種關注並非出自於兩岸間軍事緊張的上升，而更多是出自於「台灣的政權變動會給兩岸經濟帶來怎樣的影響？」的憂慮。

但是，對於「台灣宣布獨立宣言，中國先攻，台灣反擊」的戰爭可能性，廈門人還是相當

中國—台灣軍力比較

中國	兵力	台灣
總計2,270,000+名	（單位：名）	總計350,000名
500,000+	後備軍人	1,657,500
250,000	海軍	62,000
420,000	空軍	68,000
1,600,000	陸軍	200,000
	武器（單位：艘，架）	
719	艦艇（水雷艦除外）	134
3,100+	戰鬥機	479
8,120	坦克	1,831

資料：英國國際戰略問題研究所（IISS）
AFP=聯合新聞

顧慮的。廈門大學台灣研究所的李鵬副院長認爲：「（台灣的）誤判可能性問題仍然存在，形勢不容樂觀。」他還說：「台灣認爲二〇〇六至二〇〇八年是宣布獨立宣言的最佳時機。」同校的張原成教授則指出：「（對於獨立）台灣民眾的要求是否升高，仍然需要重點觀察。」他還發出警告：「對於台灣的獨立欲望在二〇〇八年（北京奧運會結束之年）之後，還將持續的可能性，中國政府應該特別留意。」

李鵬副院長還向採訪小組反問道：「當台灣問題爆發時，美國會從日本得到軍事支援，同樣也會要求韓國對其進行軍事支援。在這種情況下，韓國政府會怎樣處理？」其實，採訪小組在北京的時候就曾經遇過這種提問，而這個問題彷彿也是在知識分子當中廣泛流傳的疑問之一。

張原成教授認爲：「北韓核武開發問題和台灣問題是很難分開的。」而在北京採訪過的社會科學院世界經濟政治研究所王逸舟副所長也曾經說過類似的話。他首先強調「不代表政府的官方立場」，然後說：「在中國的知識分子當中，『中國幫助美國和韓國解決北韓核武開發問題，但代價是美國幫助中國解決台灣問題』的呼聲越來越高。」

正如朝鮮半島南北韓關係從根本上具有雙重構造一樣，兩岸關係也無法僅以某個單一視角進行觀察和判斷，而能夠多角度觀察中國兩岸關係的最佳地點正是廈門。

十五・「韓流」衝擊下的中國面貌

資訊不充分，需要更順暢的交流

喜愛韓國明星就是我的幸福

「熙俊哥哥永遠活在我們的心中！」四、五名中學生模樣的少年，頭髮留得長長的，額頭的長髮遮住了整張臉，而兩邊的頭髮卻剪得尖尖的，標準的「文熙俊」頭型，寬鬆肥大的牛仔褲、鬆垮的T恤衫，一副完美的嘻哈（美國黑人街頭音樂）歌手裝扮，一邊聽著文熙俊的音樂，一邊有節奏地搖晃著腦袋。

二〇〇四年六月十二日星期六上午十點，採訪小組來到了北京現代盛世大廈五樓的韓國觀光公社北京辦事處。在這六十多坪的狹窄空間裡，擠滿了一百二十多名喜愛韓國歌手的中國青少年。來自文熙俊、安七炫、張娜拉、Baby Vox、神話、JTL、NRG等歌友會的會員們，各自展現著自己對偶像的喜愛。從二〇〇二年開始，韓國觀光公社北京辦事處每年都會舉辦十至十五次左右的歌友會。雖然歌友會的所有節目只是發放關於韓國旅遊的宣傳物和介紹韓國歌手最新的MTV，但是歌友會的會員們對於能夠有空間表達自己對韓國歌手的喜愛之情，就已經非常滿足了。「神話」歌迷俱樂部——青色天堂的一位十七歲的少年說：「我喜歡韓國的一切」，「但是獲得關於韓國的資訊非常困難，因此感到非常鬱悶」，他並眞誠祝福韓國與中國之間能夠擁有更加廣泛的文化交流。

在看著《愛情是什麼》、《星夢奇緣》等韓國電視連續劇成長，聽著HOT、NRG的歌曲度過少年時光的那一批韓流追星族們，現在已經到了高中畢業或大學一年級的年紀。今天，隨著他們身體上、精神上的成熟，他們的韓國歌（影）迷俱樂部文化也更加成熟了。

自從二〇〇一年，中國政府官方認證的韓流歌迷俱樂部一號——DoReMi俱樂部成立之後，中國的韓國歌迷俱樂部如雨後春筍般層出不窮。韓國觀光公社北京辦事處管理的歌迷俱樂部大約十個左右。雖然歌迷俱樂部的規模千差萬別，但是每個俱樂部的線上會員數一般都在一千至兩千名左右。二〇〇三年，北京和天津地區的主要由安七炫歌迷組成的N-Dream，每個月都會在速食店進行一、兩次的定期聚會，而每次聚會都會向每位會員收取一百至三百元人民幣不等的會費，以用於安七炫宣傳活動。他們所有的業餘生活都與安七炫緊密相關，積極地消費著一切與安七炫有關的文化商品。他們甚至能夠拿到遠在韓國生活的安七炫的演出安排，並按此進行活動安排。N-Dream的社長柳佩說：「他們對所有與安七炫有關的音樂CD、照片、雜誌等，都要優先購買並使用。」她還說：「當他們想去瞭解安七炫生活習慣的時候，自然而然地也就對韓國人的生活和文化產生了興趣。」

對於那些受到韓流文化的影響、積極追求著關於韓國最新資訊的中國年輕一代，如果只將他們看作韓流文化的一種現象，或是只將他們作爲中國內的韓國文化消費市場，那麼韓流只能成爲短暫的流行。韓國觀光公社北京辦事處的安龍熏支社長表示，在韓國與中國之間形成長期的友好關係上，韓流歌迷們將會發揮非常重要的作用。正在計劃二〇〇五年在中國國內發行韓流明星全集的安龍熏所長還說：「在進行與韓流相關的事情的時候，經常會遇到有關韓國明星肖像權的問題，或是要求數億元報酬的事情，這給我們的工作帶來了很多困難。」

憂慮整容文化是否將會植入，「反韓流」亦在擴散

在中國大陸上，既颳著韓流熱風，也同樣颳著韓流冷風。那些對韓國抱著無限憧憬，沈迷於韓國生活方式的「哈韓族」，絲毫不受中、韓之間的高句麗歷史問題的影響，依然喜愛

著韓國。但是在另一方面，Anti-Korea對於韓國對中國文化的侵入表示極大的反感，而這種反感情緒也在中國社會中逐漸蔓延。雖然在兩千年前後，中國的網路世界一度流傳過一首批評「韓國歌手只是臉蛋漂亮，演唱實力一般」的名為〈Anti HOT〉的中國歌曲，但至今為止，還沒有發現（Anti-Korea）曾有過公開性的聚會或活動。雖然中國人並不善於為了否定某個特定對象而組織團隊進行活動，但是在中國的幾個大型網站如搜狐（www.sohu.com）、新浪（www.sina.com）上，都可以輕易看到對韓國持反感態度的年輕人。

二〇〇四年六月十一日星期五晚上六點到十點之間，採訪小組來到了北京二里庄附近的網咖，與北京市專英語系二年級的三名學生一起，透過QQ與Anti-Korea們進行了對話。類似於MSN的QQ是中國年輕人最常使用的聊天工具，它與MSN不同的是，即使不將聊天對象加入到「朋友」目錄當中，也能夠與所有在線上的人進行聊天。在這裡，自稱是Anti-Korea的三位中國年輕人激烈地批判了韓國以及韓國對中國的文化侵略。

二十四歲的柳志陽在上海大眾汽車公司人事部工作，他對將所有能夠賺錢的素材都做成商品出售的韓國，對中國文化的侵略不寒而慄。他說他在二〇〇四年二月的報紙上看到了韓國明星李升燕的慰安婦裸體照片大吃一驚。曾經看過電視劇《初戀》，喜歡上李升燕的柳志陽說：「對於李升燕端莊的外貌和不俗的演技曾經非常欣賞，可是在得知慰安婦裸體照片消息的一瞬間，就開始討厭李升燕和韓國。」他表示，在中國也生活著許多曾經受過日本帝國主義迫害的從軍慰安婦受害者，對於爲了賺錢、而去刺激這些受害者心靈創傷的想法和行爲，自己無論如何也接受不了。另外，他還對韓國與日本的歷史糾紛中，韓國經常憤怒地站出來，但是卻從來沒能找到一個尖銳的解決辦法，而譏諷韓國爲「只會憤怒的膽小鬼」。

對於給中國家庭劇場帶來巨大衝擊的韓國電視劇，他也沒有停止攻擊。他說：「雖然中國的三、四十歲的中年人很看不慣令人眼花撩亂的李貞賢的歌舞，並稱其爲『傷風敗俗』，但是卻非常喜歡看韓國電視劇。」他還批判說：「韓國女性在電視劇中總是被描寫得非常馴服和顧家，這也是受到中國的中年人喜愛的主要原因之一。但是以年輕人的角度，劇中表現的韓國社會的過分家長制和家庭內女性過低的地位，讓人感覺非常鬱悶。」

正在吉林省長春市上大學的二十歲的朝鮮族學生夏雨，對於韓國的「外表至上主義」提出了批判。他說：「韓國演藝人員第一眼看上去好像很有魄力，可是那種加工過的美麗馬上就會讓人厭煩。」「擔心這種畸形的整容文化如果蔓延到了中國，會使中國女性們也沈迷於只重視外表的風潮中。」

雖然不能公開其眞實姓名，但是朝鮮族A君對於韓國人的傲慢態度提出了批判。現在在遼寧省大連輕工專業大學上學的他說：「韓國人好像因爲生活過得稍微好一些了，因此就陷入了自認爲比中國人優越的錯覺中。」「特別討厭瞧不起朝鮮族的韓國人。」他還勸告：「韓流只是一陣流行風而已，並非代表韓國人擁有著文化優越性。」「對於高速增長的中國經濟，韓國人應該懂得謙虛。」

在韓國品牌價值風潮下，乘虛而入的「假冒韓國貨」

「誘惑服裝」、「瘦身美女」、「洪美同Lip Gross」，這些都是在被韓國媒體稱爲「韓流熱風地帶」的北京西端華威韓國城六樓和五道口服裝市場，正在熱賣的假冒韓國服裝和化妝品的品牌。

隨著韓國對中國文化的影響和韓國商品的品牌價值不斷升高，在北京繁華的街道到處都可以看到韓國商品，可是其中眞正的韓國商品卻很少。

西端華威韓國城六樓是日韓區域，主要銷售模仿日本和韓國的最新時裝製作的商品。在只進行韓國商品買賣的T商場，自稱爲韓國最高級品牌的「誘惑服裝」的「ATTRACT BATT牛仔褲」的售價爲二十四美元。而五道口服裝市場的情況與這裡一樣。據稱是從韓國直接進口的化妝品擺滿了櫃台，但全都是假冒商品。中國化妝品一件商品大概爲一至二．五美元左右，而標有韓國文字的商品卻被商家高價出售。標有「韓國直接進口世紀麗人」字樣的一瓶乳液，售價爲二．五美元，「雅然美百分BOB聖羅蘭化妝品」爲六美元，而據稱色彩豔麗且不褪色、受到彩妝美容師特別寵愛的「洪美同Lip Gross」的售價，則高達七．五美元。

十六・不斷壯大的中產階層

即使政治傾向不同，也可享有經濟自由

在中國，「中產階層」這個單詞是中國加入世界貿易組織之後，即二〇〇二年以後才正式出現的新概念。一九四九年依靠著勞動者和農民等無產階級的力量，中華人民共和國成立了。在中國憲法序文中寫著，無產階級必須要打倒的主要敵人是資本家和小資本企業主。可是現在，他們卻作爲中產階層的主要組成部分，出現在社會舞台上。

對於中國的中產階層的定義，是擁有私家車和住宅，並且年收入在一千兩百五十美元至兩千五百美元之間。正如其模糊的定義一樣，人們對於中國中產階層的認識同樣模糊。可是，現在正逐漸成爲中國經濟社會的主力軍的，不是共產黨，也不是國有企業，而是中產階層。

中國社會階層的變化

在改革開放（一九七九年）之前，中國主要由三個階級構成——勞動者（工人）階級、農民階級和知識分子階級。而當改革開放政策正式實施之後，勞動者（工人）階級又細分爲體力勞動者、辦公室職員（白領階級）、黨、政、國有企業幹部等五個階級。

自從一九九二年的鄧小平南巡講話以後，在中國出現了新的階級。學校、企業、政府等國家機關或企事業單位停薪留職的教師、科研人員與公務員們，進入社會並創立起私人企業。另外，中國爲了加強法制化，而從一九九〇年開始制定了會計法、律師法等各種法律，這也直接導致了從事專業諮詢職業的階級的產生。

最終，在中國這片土地上，也出現了與西方先進國家中產階級性格類似的階級。在中國，根據鄧小平提出的「先富論」，也將這個新生階級統稱爲「先富階級」。

中產階層的出現與十大階層

二〇〇一年十二月，隨著中國社會科學院製作的《當代中國社會階級研究報告》的發表，在中國首次引發了對中產階層的公開性討論。在這篇報告當中提出，中國的中產階層並非透過西方中產階級概念中所包含的「私有財產」或「私有領域」而形成的階級，因此與「中產階層」相比，「中間階級」的表達方式更加符合中國實情。但是從社會科學院對收入組成結構進行說明的經濟概念看來，卻又與西方的中產階級一致。曾經只由勞動者、農民和知識分子構成的中國社會階級，現在已經分化爲十大階級。

根據中國社會科學院提出的中國中產階級的經濟社會特徵，首先他們是工程設計、技術者等腦力工作者，作爲中層幹部，擁有對所屬單位與組成人員的支配權。經濟收入屬於整體社會的中間水準，平均年收入爲三千至兩千二百美元左右。一家三口，如果按夫妻雙薪的標準來計算，家庭年收入大約爲六千至八千五百美元左右。從二〇〇二年開始，在中產階級的定義中又加入了私家車和住宅等評價要素。另外，根據在二〇〇三年七月進行了一次以中國人爲對象的網路輿論調查結果顯示，被調查者的四十四%將住宅與私家車的保有與否，看作

現代中國的十大社會階層

區分	佔有率（%）	構成人員數（萬名）
國家與社會管理者	2.1	1,533
公司中堅幹部（部長、課長級）	1.5	1,095
私營企業業主	0.6	438
專門技術者	5.1	3,724
一般公司職員	4.8	3,505
個人事業者（個體戶）	4.2	3,067
商業服務從業員	12.0	8,763
產業勞動者	22.6	16,503
農業勞動者	44.0	32,131
失業者、潛在失業者	3.1	2,263
合計（2001年就業總人口）	100	73,022

資料：陸學藝（編），《當代中國社會階層研究報告》，社會科學文獻出版社，2001。

爲是否進入中產階級的標準。

可是，社會科學院的觀點卻有些不同。他們根據各種實證資料分析，推定中國中產階級的年收入應爲一萬四千五百美元。支撐著「年收入一萬四千五百美元＝中國中產階層」這個標準成立的另一個根據就是，實際收入與隱性收入之間的關係。在中國統計年表中顯示的實際收入，和根據各種輿論調查所得到的總收入之間，存在著一定的差異，對這部分差異進行計算，得出的結論是，中國隱性收入的比重爲一般實際收入的十五%以上，多者則達到五〇%以上。

中國中產階層的規模

中國社會科學院在《當代中國社會階級研究報告》中，將最初以追求平等社會爲目標的中國社會，分爲上、中上、中、中下、下五個等級。在幾個社會階級中，中高級黨政幹部、大企業幹部、高級專業（技術）人員、大型私營企業家等，被分爲社會的上層，中層管理幹部被分爲中上層，初級技術人員、小企業經營者和一般辦公室人員則被分爲中層。而社會科學院規定的中國中產階層則在這五個等級中，主要集中在中上層、上層和中下層。按著各個等級別的佔有比率分別爲十八·五%、三十七%和四十四·五%。

根據二〇〇二年七月中國國家統計局發表的城市居民調查結果顯示，四十八．五%的被調查家庭擁有一萬八千至三萬六千美元規模的資產。因此，我們可以推算出，在佔中國總人口（十二億八千四百萬人）三十九．一%的五億零兩百二十一萬城市居民中，有七千零七十九萬個家庭（以兩億四千三百萬人，一個家庭三．四四人爲基準）已經成爲廣義的中產階級。另一個能夠計算中國中產階層數量的方法，就是透過調查儲蓄規模計算。根據二〇〇三年三月中國的中央銀行——人民銀行發表的資料顯示，二〇〇三年二月底的人民幣和外匯存底超過了一兆元，達到了一兆零三百億元。而根據最近公布的儲蓄構造顯示，僅佔社會人口二〇%的少數富有者，卻擁有著國內儲蓄五十一%的比例。由此可以推算出，現在中國的中產階層規模爲九千萬名至兩億四千三百萬名(兩千六百一十六萬個至七千零七十九萬個家庭)左右。

中國中產階層的功能與意義

胡錦濤新政府正在積極實施「擴中、保低、調高」戰略，以擴大中產階級的勢力。其中，「擴中」就是透過分配制度，提高各類企業、事業單位、科技人員的薪資水準；努力增加新型農業、提高農業從業人員的收入水準；使城鄉大多數居民的收入水平明顯提高。「保低」就是透過加快城市化過程，使農村剩餘勞動力加快轉入城鎮或農業就業，完善城鎮居民最低生活保障制度，落實最低薪資制度，確實保障城鄉困難群體人員的基本生活。「調高」就是加大個人所得稅調節力度，規範分配秩序，調節社會過高收入者的收入水準。從結論上來說，中國中產階層的登場，和中國政府的中產階層擴大政策，對追求「經濟享受」利益目標的巨大社會階級的形成，發揮了積極的促進作用。

幹部階層並非唯一的權力集團

撰稿人：陳光金（中國社會科學院社會學研究所研究員）

中國社會的階級結構變化，主要由新生代的動向決定。如果想要知道中國社會的未來變化，那麼就要注意改革開放以後，新一代中國人的發展機會和利用機會的方式。因爲他們是改革開放二十餘年中，中國社會變化的主力軍。

改革開放以來，在「左傾政治」的意識形態框架當中，中國社會結構擁有著兩個階級和一個階層（勞動者、農民階級和知識分子階層）。可是在一九七八年共產黨十一屆三中全會召開以後，隨著改革開放的全面實施，高度集中的中央集權計劃經濟逐漸向社會主義市場經濟轉換。而傳統農業也向現代工業社會、封閉結構向開放結構發生了轉變。

改革開放對於中國社會結構和階級結構的變化有著重大的意義。國家將無數的資源投向了社會和市場。中央集權的再分配制度弱化了對於人民的統御力，並提高了社會自由度。另外，隨著社會分化的發展，一部分新的社會階層誕生，多種形態的社會階層使得經濟社會的地位發生了變化。隨之，傳統的身分結構被徹底瓦解崩潰，而身分等級差別也漸漸失去了其社會性意義。

「城市—農村二元化身分」雖然依然存在，但是隨著大量農村民工湧入城市的社會現象的發生，這種身分體制也正處於逐漸消亡的過程。而隨著層出不窮的民營企業家、學術界專家、演藝界明星的誕生，幹部階層也不再是中國社會唯一的權力集團，階級階層將會變得更加複雜多樣。

國家制度決定個人命運的時代已經完全成爲歷史。人們利用出身背景、社會關係和個人的努力，在新的社會階層結構中獲得自己的地位。根據中國社會科學院的《中國社會結構變化研究》資料，以二〇〇一年爲基準，中國社會存在著十大社會階層。即國家和社會管理者（二‧一%），經理人員（一‧六%），私營企業主（一‧〇%），專業技術人員（四‧六%），辦事人員（七‧二%），個體工商戶（七‧一%），商業服務業人員（十一‧二%），產業工人（十七‧五%），農業勞動者（四十二‧九%），城市無業或失業半失業者（四‧八%）等。

問題是社會階層結構中，最底層的階層（勞動者、農民）所佔的比重過大，而中間層的比率過小。在二〇〇一年的時候，中間層還曾佔據全體勞動人口的十五%左右。一言以蔽之，中國的貧富差異正呈現出全面擴大的趨勢。衡量貧富差異的基尼係數在十年間由一九九一年的〇．二八二急遽上升到二〇〇〇年〇．四五八，增加了一．六二倍，這已經超出了國際標準，中國陷入了非常嚴重的境地。

中國政府對於已經擴大到全社會範圍的貧富差距，實行了相應的緩和措施。一九九〇年代末完成的個人所得稅的納稅制度，是降低各個社會階層的貧富差距的主要再分配手段。一方面嚴格監督著高收入階層的逃稅漏稅等違法行爲，一方面對於農村實施稅金改革改策，在今後五年中全面免收農民的農業稅。在中國社會收入分化問題越來越嚴重的情況下，中國政府正籌劃著被稱爲「經濟成長與城市農村的均衡發展」的新戰略。將來，中國將不斷推出縮小貧富差異的新政策。

十七・私家車風潮的虛與實

「沒車不能活」，私家車族的快速壯大

中國正昂揚地揭開私家車時代的帷幕。二〇〇三年的轎車生產量比前一年增加一倍，超過了兩百萬輛。放眼望去，曾經只存在於未來憧憬中的私家車時代，已經進入了廣州、上海等沿海地區的高收入城市，還有北京、天津、瀋陽、大連等主要城市。

中國加入世界貿易組織的二〇〇一年底，國內外的所有汽車專業預測機構都不約而同地認爲，中國主要城市的汽車大眾化和正式進入私家車時代的時期，應該在二〇〇五年左右。他們的構想是：中國加入世貿組織的當時，中國的進口轎車關稅達到了八〇％，而到了二〇〇六年將下調至二十五％，這也會直接促使國產轎車的價格下降。屆時，主要沿海城市就將正式進入私家車時代。

過早出現的私家車時代

依據最近的統計顯示，北京的私家車保有數量爲一百二十八萬輛，並且以每年二十七萬輛的速度遞增。上海的私家車保有數量也正以每年五〇%二十五萬輛的速度飛速增加。之所以導致在二〇〇一年中國的轎車和私家車的普及增快的主要原因如下：

第一，曾經在一九九〇年代佔據著大部分汽車需求的公家車的消失。上海VW是上海汽車和德國大眾汽車合作建立的汽車公司，並在前不久成功地收購了韓國雙龍汽車公司。排氣量一千八百至兩千西西級的桑塔納轎車，是上海汽車公司從一九八四年就開始生產的車型，而一九九〇年代生產的兩百萬輛桑塔納中有七〇%被政府購買。

從兩千年開始，中國政府爲了撙節預算開支和縮小機關規模，取消了公家車和司機的制度，並將公家車營運的經費以補助金的形式支付給公務員個人，讓其自己購買私家車並自己駕駛。公家車制度的改革，也擴散到各個政府部門下屬的國有企業。其結果使得私家車的保有數量由二〇〇一年的七百七十萬輛，在不到兩年的時間內，就增加了五十八．三%，二〇〇三年中國的私家車數量已經達到了一千兩百一十九萬輛。

第二，政府的私家車購買獎勵政策。最具代表性的就是透過汽車貸款，幫助個人購買汽車的獎勵辦法。國有商業銀行的汽車貸款業務在一九九九年底得到了許可，並在兩千年正式執行。在購買超過一萬八千八百美元、排氣量爲兩千西西的轎車時，可以貸到最多爲車價九〇%、最長爲五年、利息四·五%的銀行貸款。

汽車數字增加的虛與實

汽車的高速大眾化也產生了許多問題，最常見的就是不良貸款的增加。從二〇〇四年初開始，中國政府對於鋼鐵、房地產、汽車等一部分投資過熱的產業，實行了強有力的抑制政策，其中也包括汽車貸款。二〇〇四年五月三十一日，中國媒體報導了一則爆炸性新聞。到二〇〇三年十一月底爲止的中國汽車貸款總額，超過了兩百二十五億美元，其中銀行自己判定爲「不可能收回」的貸款金額就達到了五十二·五%，約一百一十八億美元。另外在二〇〇三年底，中國公布的主要國有商業銀行的不良債權總額，達到了兩千六百四十五億美元，其中四·五%的不良貸款，就是政策公布不過三年的汽車貸款而產生的不良資產。

產生不良銀行貸款問題的原因，主要是個人信用評價制度的不完善。到目前爲止，中國還沒有能夠透過全國性整合電子網進行信用評價的銀行業務處理系統。而在這一時期的汽車銷售處的廣告牌上，竟然寫著「用您一個月的薪水來購買一輛私車家」。我們來做一個假

中國汽車發展現況

	單位	2001	2002	2003	2004.6月	年平均增加率
汽車生產量	萬輛	234.2	325.1	444.4	274.4	37.8%
轎車生產量	萬輛	70.4	109.2	202.0	124.6	69.4
私家車持有量＊	萬輛	770	968	1219	—	25.8
道路總長度	萬公里	169.8	176.5	180.9	—	3.2%
交通事故發生數	萬件	75.4	77.3	66.7	25.5	-5.9%
交通事故死亡者	萬人	10.5	10.4	10.9	5.83	-0.5%

＊ 私家車包含個人持有的轎車與其他商務車
資料：中國汽車工業協會，中國統計局（2004.8）

設，一位不具備償還能力的月薪僅爲六百二十五美元的消費者，向A銀行貸款購買了私家車。如果他不向A銀行及時償還這筆貸款，那麼A銀行得到的只能是一輛失去了原有價値、無法賣掉的二手抵押車。而在道德上失去信用的消費者，雖然在A銀行是信用不良者，但是他可以從B銀行貸款購買新車，而這種惡性循環將持續數年。

新的私家車時代的到來，也給中國帶來了新的問題。這就是道路網不足和交通事故增加的問題。汽車與無數的自行車糾纏在馬路上，無視交通規則的任意轉向等現象，導致了中國主要城市內正發生著大大小小的交通事故。在北京很難見到車齡很久的計程車司機或某單位的專門司機，在遇到前方汽車後面貼著「初步駕駛」的字樣後，會主動避開或讓道的現象。在中國，僅二〇〇三年就有十萬四千人死於汽車事故，這個數字也高居世界第一。

結構性問題與未來展望

在中國汽車產業相關的各種會議或報告書上，最常見的詞彙就是「重複投資」。年生產規模爲四百四十四萬輛的中國汽車品牌多達九十六個，而其中沒有一家公司是能夠達到基本規模的年產一百萬輛的大企業。雖然上海汽車和中國一汽等兩個大集團的生產規模達到了年產八十萬輛，但從整體來看，每個公司的平均年生產量不過爲四萬六千輛左右。如此眾多的汽車生產公司，遍布中國三十一個省市，而每個地方政府都將汽車產業作爲地區重點產業扶植，並提供大量的支援。在這種產業性、地域性的畸形發展下，中國的私家車風潮將會更加廣泛地在中國擴散。對於汽車不良貸款，中國政府提出的對策僅僅是縮短貸款時間和縮小貸款比重。而對於擁有最多汽車不良貸款資產的農業銀行，中國政府也於二〇〇四年八月開始，中斷其私家車的貸款業務。可是，到現在爲止，仍然看不到貸款者在道德上停止汽車不良貸款的跡象。

現在，中國的私家車風潮在諸多問題當中，逐漸顯露出了著急所帶來的後遺症。可是，仍有許多人在與超過韓幣十萬美元的住宅相比，更加優先購買不過爲住宅費用的一〇%的汽車。而也有許多人爲了購買中意許久的汽車，而不惜推遲婚禮。擁有這樣日益壯大的龐大消費群，也許中國的私家車時代眞的已經開始了。

貧富差距擴大階級矛盾

隨著貧富差距的不斷深化，中國社會也亮起了紅燈。它不僅引發了各階級間的敵對感，而且貧富差距正在呈「世襲」的趨勢發展，成爲更加嚴重的問題。

中國社會科學院社會科學研究所李偉博士說：「胡錦濤、溫家寶政府與前政府不同，他們不斷提及人民內部的階級矛盾，並非常重視其嚴重性。」這也間接說明了從一九九五年開始，各階級之間的矛盾已經萌芽。他還補充道：「貪官污吏經由權力勾結獲得巨大利益和對老百姓的剝削現象，已經引發了全社會人民的反感和不滿。」

安徽省副省長王懷忠的死刑判決、遼寧省副省長劉克田的免職和司法審查、深圳市前副市長王炬的二十年徒刑，這些對於高級官員的腐敗所做出的司法處理，也可以看作是共產黨爲了安撫日漸激烈的社會壓力所做的努力。

可是，中國的中產階層薄弱、富者與窮人兩極化的不斷加速化，必將成爲社會不安的原因。二〇〇三年上海市十八%的消費支出增加，主要集中在汽車和消費行業的調查結果，也直接向我們展現著「富益富，貧益貧」的社會現象。

李偉博士還指出，改革開放以後最明顯的社會變化特徵之一，就是勞動階級地位的直遽下降。「勞動者階級領導國家發展的憲法規定，已經成爲歷史教科書的一部分，現在中國並未對某個特定階級賦予特殊的地位。前主席江澤民同志退任之前加入到憲法中的『三個代表』論，也是爲了明示全國民、全階層才是這個國家的主人。」

中國社會在制度上也面臨著革命性的變化，戶口制的廢除就是其中之一。對此，李偉博士透露：「政府正在準備全面廢除戶口制度」，「如果進行順利的話，在二〇〇五年中應該會發表最終決定。」過去實行的城市戶口和農村戶口的戶籍制度，雖然阻止了居民的自由性遷移，但是隨著開放社會的到來，這種落後的戶籍制度，也直接阻礙了社會的發展。對於那些從農村或其他地區進入城市的孩子家長來說，按照現在的戶籍制度，無法使孩子們接受免費的義務教育，每個學期需要繳納七十五至一百美元的學費。對於農民的子女和無法得到戶口的低收入轉籍人口的子女們，如果繳不起這筆錢，就意味著連義務教育的機會也將失去。

李偉博士還指出：「即使戶口問題得到了解決，考慮到財政問題，在未來十年內，外來人口的子女能夠享受到義務教育的可能性幾乎爲零。」他還說：「由於教育機會的不平等而產生的『貧困世襲』正在生根。」以「社會主義初級階段論」爲基礎的具有中國特色的社會主義的未來發展前景，是否會像南美國家一樣，中間階層過薄，富者和窮人形成兩極分化的階層構造變得越來越堅固呢？

十八・脫蛹而出的中國輿論

建設最具影響力的「媒體帝國」的夢想

經由報紙、出版、廣播電視的重組，打造中國輿論的巨無霸

「打造世界最具影響力的媒體」，中國中央電視台（CCTV）總編室主任程宏先生說出了中央電視台的未來目標。他反覆強調說：「成長是最大的目標，還有世界化。打造最具影響力的電視台是我們的最終目標。」面對採訪小組提出的「世界的趨勢是輿論的集團化，中國是否也會以這種形式發展？」的問題，程宏回答道：「有這樣的希望。我們希望中央電視的理念能夠符合全世界人民的想法，實現和平遠大的理想。」

程宏主任說的這番話不單純只是希望而已，中國在打造「媒體帝國」這條路上已經走了

很久。中央電視台透過報紙、出版業、電視台的整合分解以及民營化，正在人爲地打造一個大型的媒體集團。

報社持有電視台、電視台擁有報紙，以將對方納入自己集團的子公司或者持有股份等方法，將媒體集團化。作爲媒體帝國化的急先鋒，中央電視台也發行相當於韓國《電視指南》的《中國電視報》，並牢牢地佔據報紙銷售量的第一名。其他較大的媒體集團還有南方集團、文匯集團等。

中央電視台正在籌備將遊戲、體育領域等一部分頻道民營化。在中國南京的一家國營電視台，已經將三個頻道民營化，節目錄製完成以後，再由總公司購買回來播放。可是，現在看來，外語、經濟、古典、電影、平劇、中國醫術、傳統音樂等專門頻道的增加是不可避免的。一九八〇年初，只以一個頻道起家的中央電視台，現在即將擁有超過二十個頻道。

在數位頻道領域，中國的發展也是相當迅速。預計在二〇〇五年，中國的數位頻道將達到一百二十多個，並在全國主要城市開始試播。到二〇〇八年北京奧運會的時候，將在全國範圍內完成數位頻道的轉換。而有線電視的觀眾，也將在二〇〇五年達到一億兩千萬戶。與此同步，中國的媒體廣告市場也已經達到了世界第四大規模，並且還將不斷擴大。特別值得關注的是，中央電視台對新聞也顯現出其野心，而這也正是社會主義社會中最薄弱的領域。目標是美國的國家廣播電台。程宏主任還說：「希望在所有國家都建立（中央電視台的）

報導站。」中央電視台在二〇〇三年，已經創建了二十四小時不間斷播放的新聞頻道，而包括全世界的中國華僑在內的所有華語圈，都成爲視聽觀眾。

「新聞的要素是公正性，你們有信心做到嗎？」對於採訪小組的這個提問，程宏主任回答道：「當美國電視台對伊拉克進行反面報導和聲稱『哈珊擁有大量殺傷性武器』的時候，我們採取了中立；對於北韓核武問題，我們也沒有偏重於南、北韓任何一方。」

中國媒體爲了確保新聞品質而做出的努力，可以從報紙方面看出來。《人民日報》的劉大保編輯主任表示：「接近群眾和民生的方針改變了採訪現場的氣氛。」

中國爲了保證記者的專業素養，從二〇〇三年開始以現有的記者爲對象進行了資格考試，只有考試合格者才發放記者證。劉大保主任還補充道：「以《人民日報》爲首的幾家有實力的報社，都設立了對不合格記者的檢舉中心。」

報業在中國也是賺錢的產業

在中國也出現了「腳踏車日報（譯註：原指訂一份報紙贈送一輛腳踏車的報紙銷售手段，現在泛指所有運用贈送禮品進行報紙銷售的行爲）」。最近，在北京新近創刊的《法制晚報》，向報紙購買者贈送飲料，一度成爲老百姓的話題。雖然目前還沒有哪家報社贈送過腳踏車，但是報社之間為了互相競爭，而開始對購買者實施一定的優惠待遇。這也部分地向我們顯示報紙市場正式進入了競爭時代。

某家日報社向投稿的一般市民支付一定的稿費，一篇文章的稿費高達六十二．五美元。記者之間對熱門報導的競爭也非常激烈，一位相關人士透露：「對於追蹤熱門新聞的記者，有的公司會支付一百二十五至一百五十美元不等的獎金或補貼。」以大城市為主要發行市場的各個報社之間，還會引發增加版面的競爭，使得有的日報版面達到了六十至七十版，最多的竟達到了一百五十版。

報業在中國成為賺錢的產業。國務院新聞辦公室的楊揚副局長說道：「報業屬於三大產業之一，與房地產、娛樂產業一起成為最賺錢的產業。」而這一切都是龐大的讀者數量和飛速的經濟發展所帶來的。進入一九九〇年代，各家「城市報紙」隨著個人讀者的急遽增長，得到了爆發性的發展。據二〇〇二年的統計顯示，在全國範圍內有兩千一百三十七家日報社，而其中每天印刷兩百萬份以上的竟然多達六家。據推測，週刊和月刊等雜誌社也多達一萬多家。

曾經拒絕與「普通報紙」競爭的《人民日報》，最終也決定參與這場激烈的報紙大戰，這也直接向我們說明中國報紙市場正處於怎樣的變化當中。對於「是否有計劃推出對『腳踏車日報』的相關管制措施？」的提問，社會科學院新聞傳播研究所的唐緒軍主任回答道：

「競爭是很正常的，沒有相關的計劃。」

輿論，拒絕成為「政府的宣傳工具」，並開始競爭

撰稿人：唐緒軍（中國社會科學院新聞傳播研究所，媒體發展研究中心主任）

從一九七八年改革開放以來，中國在各個領域獲致天翻地覆的變化，其中媒體也不例外。中國的電視台現狀與一九七八年相比，增長了十六倍，達到一千九百六十九家。而報紙種類也增長了十一．四倍，現在正發行的報紙達兩千一百一十九種。另外，出版的圖書種類達到了十九萬種，總印刷數量達六十六億七千萬份。

當然，統計數值只不過是表面資料而已，實際上眞正發生巨大變化的是生存方式。在改革開放以前的計劃經濟時代，媒體只是作爲社會公益性組織，由國家提供必要經費，而從未試圖去追求利潤。而報業也不過是拿著國家提供的經費，爲國家做著宣傳事業的編輯機構而已。但是，現在大部分的媒體已經脫離了依靠政府財政的營運方式，靠著自己的努力自主經營、自負營虧、依法納稅。

與世界大多數國家一樣，中國媒體業的主要收入來源也是廣告。二〇〇三年中國廣告業的營業總額爲一百三十五億美元，其中電視廣告佔總額的二十三．六四%，報紙廣告爲二十

二・五三％。這也意味著中國媒體正式轉變爲賺錢的產業。另外，隨著媒體生存方式的變化，進入了競爭局面，而競爭也促使中國媒體的發展。今天，媒體變得多種多樣，並且開始重視對民眾服務的機能。

依據中國的法律，報社是唯一可以發行報紙的合法機構。如果想要設立報社，首先要得到政府的許可。因此，報社作爲隸屬於黨或政府的下級組織的同時，也是資訊交流的通道，還是社會的共用資源。可是，報社至少要在形式上得到獨立，如果無法獨立，也就無法保證其公正性。另外，爲了創造利潤，報社還應該加入到經濟活動當中。總而言之，報社應該同時具有宣傳機關、社會公共服務、經濟組織等三種功能。

在數年前，黨、政就開始著手進行對媒體體制的改革。體制改革一定要考慮到公益性和經濟性，公益性文化事業保障人民的基本文化需要，而經濟性則是確保市場的完全開放和自主經營、公平競爭等經濟收益最大化的關鍵。

在報紙領域裡，黨政部門的改革也在進行當中，朝消除行政權力壓力的方向進行。管理和營運的分離也是主要的改革方向。報社被分爲編輯和經營兩大塊，經營部門爲了向企業轉換，正在打造著自主經營的基礎。

在電視台也正在進行著分離制度和播放的改革，也就是將原有業務分爲電視媒體的節目生產系統和播放系統兩個部分，進行營運改革。另外，爲了培養國際競爭力，相關改革也正在進行當中。從一九九〇年代中期開始，在政府的主導下形成了媒體集團的計劃。在現在已經形成的八十五家媒體集團中，報紙業爲三十九家，電視台爲十八家，出版業爲十四家，媒體流通業爲八家，電影業爲六家。這些集團透過媒體產業，不斷發展著民族文化，並且在即將來臨的與跨國企業傳媒集團的競爭中，將擔負起主要任務。

中國政府也在最近修改了相關政府法規，增加了關於海外合作領域和方式、營運等詳細規定。由此我們也可以預見，中國傳媒與世界傳媒的合作將會以更快的速度進行。

十九・對外政策：座談紀實

中、韓關係良好發展時，新東北亞構想將有可能實現

鄭宗旭教授：首爾大學教授，大統領外交安保首席，曾任駐中大使，現任亞洲大學碩座教授
張蘊嶺所長：北京大學、中國人民大學、山東大學兼任教授，政協委員，現任中國社會科學院亞太研究所所長

自中、韓兩國於一九九二年建交以來，兩國的關係以經濟合作等爲中心，並獲致相當的發展，相互的依存度也不斷提升。可是在中、韓建交十二周年的二〇〇四年，兩國之間因爲中國的「高句麗歷史修改」等問題，使兩國關係一度陷入緊張局勢。採訪小組經由亞洲大學鄭宗旭教授與中國社會科學院亞太研究所張蘊嶺所長的對談，對兩國關係的發展方向進行瞭

解。在這次假北京舉辦的會談中，對於中、韓兩國的相互依存和朝鮮半島的和平穩定會給兩國帶來共同的利益上，兩位著名學者的意見是一致的。可是對於如何看待北韓核武開發的問題，兩位學者又各持不同的見解。

鄭宗旭：中國的對外政策發生了很大的改變，不僅認可了由美國主導的單極體制，而且還在不斷強化與西方資本主義國家的合作體制。但問題是，這樣的政策具有什麼樣的戰略意義？有人指出，中國的崛起使世界和平、安全受到了威脅，與其他國家的合作關係的建立也是經過了精心計算，目標是爲了消除他國的警戒心。也就是使別國不加以防範，悄然培養本國實力，等到時機成熟後，再以強國面貌登場的「和平崛起」戰略。

張蘊嶺：這是一種霸權循環論的見解，我並不同意。中國還未到需要與美國競爭的處境。中國外交的首要目標，就是成功地完成現代化建設，這就需要絕對和平和安定的周邊環境。在與以美國爲首的西方資本主義國家進行的合作體制也仍須繼續。二十一世紀的世界正朝著整合的趨勢發展，歐盟的擴張就是一個很好的例子，能夠加深相互依存的關係。中國與美國的關係是肯定性的，雖然在伊拉克戰爭和北韓核武問題的解決方案等問題上，雙方持有的立場不同，但是爲了追求和平的周邊環境，中國仍將維持與美國的合作關係。中國與東南亞國家也建立了自由貿易區域，現在正試圖進行政治性信賴的構築。與歐洲國家也透過亞、歐高峰會議（Asia Europe Meeting）以及亞歐展望小組（Asia-Europe Vision Group）等活動，正在積極努力地改善政治關係。

鄭宗旭：中國最近也改善了與北韓的關係，特別是金正日國防委員長的北京訪問，更是值得從多方面進行分析。最初並沒有任何的官方發表，但是金委員長一離開北京，北京方面馬上發表官方立場，並且還是非常詳細的內容，其中還公布了一部分高峰會談的談話記錄，這是一個非常令人意外的行動。現在流傳著各種類似於「在朝鮮半島戰爭爆發的情況下，中國將不再依照中國、北韓兩國簽署的同盟條約自動介入戰爭」等，有關於中國對北韓政策改變的話題，而在這次金委員長的訪問中，中國政府想要特別傳遞給北韓的訊息是什麼，也引起了各種猜測。

張蘊嶺：中、朝兩國之間存在著這樣的條約，並且中國對於北韓擁有一定的利益。但是，中國無法承諾在決定性時刻，中國是否會對北韓進行保護。唯一可以肯定的是，中國不希望發起第二次韓戰，中國也不希望被捲入朝鮮半島的軍事衝突當中。無論什麼樣的軍事作爲，都將直接或間接地對中國的經濟發展和改革產生負面影響。

鄭宗旭：有些觀察家認爲，金正日委員長的訪問將給北韓的改革開放帶來正面影響。能夠保障北韓未來的唯一辦法，就是北韓自己選擇走上改革開放的道路，中國不也走過同樣的道路嗎？現在在韓國，有一部分人認爲北韓正處於改革的轉捩點，但是，爲了實現改革開放，首先需要改變政治體制。中國也是在一九八二年透過了對毛澤東遺產進行整理的「歷史決議」之後，才正式走上了改革開放的道路。另外，承擔著龐大的軍費負擔，也無法進行經濟建設。在中國的四個現代化建設當中，軍事現代化的排位最低。鄧小平也於改革開放初期，進行了百萬軍隊大裁軍。當時，外部環境首先需要得到改善，可是改善外部環境需要很長的時間，至少需要好幾年，但是經濟性的需要又迫在眉睫，這可真是進退兩難啊！

張蘊嶺：過去北韓對改革是持批判態度的，可是現在，北韓認識到只有改革才能使其走出經濟困境。金正日委員長一行親自訪問了北京近郊的改革模範村——韓村河，這也充分表明了北韓對於改革的立場。最近的北韓對於經濟改革似乎比過去有了更多的信心。可是期待改革能夠在一朝一夕完成也是不務實的。改革只有在國家領導人感覺政治體制得到安定的時候，才有可能進行。在這個階段，中國也花了十五年的時間。改革將產生許多問題，僅在一九八〇年代，中國就經歷過通貨膨脹、國民的過高期待、地區和階層間的差異、由不良文化流入而引起的國民價值觀的混沌等各類問題。不過中國妥善地克服了這些問題。在改革初期，這種挑戰能夠引發很嚴重的問題，北韓也會經歷相同的困難。需要外部世界的幫助，而能夠給予北韓最大幫助的國家就是韓國。當然，美國也應該發揮一定的作用。在中國的經濟發展中給予最大幫助作用的國家就是美國。並且，使北韓對國家安全擁有足夠的自信心才是眞正重要的課題。只要北韓無法感覺到安全，那麼就很難改變其軍隊優先的國家政策。

鄭宗旭：如果北韓將核武視爲保障國家安全的手段，那麼將很難拋棄核武開發計劃。雖然在軍事力量和經濟力量兩者之間孰重的問題上，北韓犯了循環論性的錯誤。但是也有很多人認爲，使北韓領導核心對於生存和體制維持感到不安的原因，和外部因素相比，內部造成的壓力更大。北韓需要在經濟生存上擁有更強的自信心。即使擁有核武，也無法使生存得到保障。蘇聯雖然曾經擁有數量眾多的核武器，但最終還是難逃解體的命運。當然，北韓勢必很難輕易放棄核武。可是北韓應該擁有「放棄核武」的想法，這也是正式協商所必要的前提條件。美國要求北韓必須先放棄核武發展，可是北韓要求美國先給予北韓安全保障。北韓有必要改變其過於強硬的態度，而中國的角色也非常重要。

張蘊嶺：北韓同意參加六方會談本身就是一種態度的轉變，至少在形式上發生了轉變。在此之前，北韓一直堅持只與美國進行會談。另外，在與會對象和核心問題等方面進行詳細協商的態度，也可以說是北韓方面的新變化。在北韓的立場上，他們擔心的是，在北韓發表了放棄核武器的宣言之後，一切都會變好的承諾是否可信。北韓與利比亞的情況不同，期待北韓領導者宣布「我們完全放棄核武」也是非常困難的。北韓好像仍然相信核武是一個非常有用的手段。當然，中國絕不支持北韓的核武開發計劃，我們也公開、強烈地要求北韓放棄核武開發計劃，中國也一直對外表明，中國無法接受北韓的核武開發計劃。可是，中國不能強制北韓放棄核武。中國的作用並非向北韓施加壓力，而是爲北韓和美國提供能夠進行會談的場所，使協商不斷進行下去，並製造解決問題的環境。

鄭宗旭：為了解決核武問題，造成和諧的環境固然重要，但由於核武問題的特有性格，時間不能拖延很久。在一九九三年北韓核武問題最初爆發的時候，我在韓國政府曾擁有過直接參與問題解決的經驗。在經歷了無數的迂迴曲折之後，雖然最終美國和北韓進行了直接協商，但是由於當時美國政府也考慮了直接攻擊北韓核武設施的可能性，因此一度使朝鮮半島陷入了極度緊張的狀態。那時的重點只不過是北韓核武開發活動的透明性問題，可是到了現在，擁有核武已經成了論爭的核心。雖然對於北韓現在是否保有核武仍存在曖昧模糊的部分，但至少與那時相比，現在相信北韓擁有核子武器的人數更多，並且相信如果北韓眞的擁有核子武器，那麼其數量也會比當時更多。不久前，美國副總統錢尼在訪問中國與韓國的時候，曾經就北韓核武問題說過「時間並不在我們這邊」，這也是在提醒我們不能再拖延時間了。我們不能輕視核武的安全管理會惡化為危機情況的可能性，這點在第一次北韓核武危機時，就已經充分告訴了我們。因此，六方會談絕不能再浪費時間了。我們需要盡快擬定協定的大框架，然後極力促使北韓核武進入凍結狀態。雖然要求北韓完全廢棄核子武器需要更長的時間，但至少需要在這之前將核武問題凍結，以防止事態的繼續惡化。

張蘊嶺：我無法同意錢尼副總統的意見。這到底是什麼意思？這種脅迫性的發言無法對解決問題發揮任何幫助作用。這與諸如「北韓是邪惡軸心」等話語有什麼分別？以這種態度是無法使北韓放棄核武開發計劃的。美國一直聲稱如果北韓首先放棄核武開發計劃的話，才會爲其打開通往國際世界的大門。中國從最初就不認爲這種態度能夠解決北韓核武問題，可是美國一直沒有改變其態度。六方會談並非是美國單方面發表其想法的場所。

鄭宗旭：正如張所長所說的，任何一方只發表其單方面的想法，並不能使協商獲得成功。美國的態度好像也正在發生一些改變，至少不再稱呼北韓爲「邪惡軸心」了。我認爲中國應該在北韓核武問題方面發揮更大的作用。中國一直聲稱北韓核武問題並非到了無法控制的狀況，這具有很重要的意義。當然，最終的答案還將由美國和北韓攤牌。另外，美國政府的作用也非常重要。韓國與北韓宣布了無核化共同宣言，並且簽署了基本協議書。最近南、北韓之間頻繁的經濟合作和交流運作，也會對北韓核武問題的解決發揮間接性的影響。爲了朝鮮半島的和平與安定，必須建立一個鞏固的和平體制，應該以和平協定代替停戰協定。

張蘊嶺：我也持相同的意見。中國不會拒絕參與和平協定的簽署，並且會積極支持。但是據我個人看來，美國接受與否，態度仍然不明。

鄭宗旭：最後，我們來談談中、韓關係。從一九九二年兩國建交以來，中、韓關係一直在良好的環境下飛速地發展著，這一點也獲得了兩國所有人士的肯定，可是最近出現了質的變化。根據輿論調查，相信對於韓國而言，認爲中國比美國更加重要的韓國人越來越多。而新近當選的韓國國會議員中，也有相當一部分人認爲中國才是對韓國最重要的國家。也有一部分人認爲韓國在傳統友邦和新興友邦（美國和中國）之間，將會遇到很多棘手問題。爲了朝鮮半島的和平安定，韓國應該努力調和韓、美關係和韓、中關係，並找到適當的平衡點。最近，隨著美國的世界戰略發生了改變，駐韓美軍的重新配置和裁減駐韓美軍數量等問題，也成了韓、美同盟最主要的爭論點。在地區內建立多方性合作機構的動作也越來越大。彷彿朝鮮半島和東北亞地區都正進入轉換期。

張蘊嶺：中國和韓國是相互依存的關係，如果南、北韓關係得到改善，那麼將會有大量的韓國投資轉移到北韓。中國希望地區合作，希望平衡的地區合作。美國的朝鮮半島政策在未來將變得更加複雜。到目前爲止，韓國一直單方面依附於美國，而現在正在崛起的鄰國——中國正成爲新的變數。可是在中國的安全問題方面，美國是非常重要的國家。因此美國與中國一直維持著友好的關係。駐韓美軍從很久以前就存在，也沒有對中國造成軍事性威脅。中國並非不擔心美軍的駐紮，而是感覺不到美軍的威脅。同時，美軍駐紮在韓國，並不代表著只有韓國和美國之間才能擁有友好的關係，而韓國與中國就不能擁有友好關係。未來的東北亞局勢將發生改變。在將來，新的地區安全保護合作體系有可能構成，而中國也有可能加入到這個體系當中。在這種體系內部，統一韓國不僅不會對中國形成威脅，反而可能發揮正面作用。

第二部

「以中國為中心的世界」是否會到來

一．向技術大國前進的中國

以市場換取技術

在中國的「以市場換取技術」的戰略下，進入中國的世界級企業不得不面對中國的技術轉移要求。因此，跨國企業爲了佔據更大的中國市場，而果斷地將核心技術以外的尖端技術轉讓給中國。中國市場中的跨國企業激烈競爭，反而成爲中國提高技術力量的主要原因。在這樣的背景下，在資訊科技等尖端技術領域，中國的技術競爭力已經得到了飛速的提高。

根據二〇〇二年七月科學技術政策研究院的調查內容顯示，跨國企業將母公司的技術向中國的研究開發中心移轉的項目，在中國完全不存在的高達七十六%，而在中國屬於先進技術的也達到二十四%。這對於那些仍想以中、低技術進入中國市場的韓國企業而言，是一條非常重要的資訊。

在分析日本和歐美對中國的投資模式時，可以發現一個非常有趣的現象。日本在一九七二年兩國建交之後，一直採取漸進式的投資方式，而在一九九〇年代初期開始，每年的投資額都大幅增加。可是從一九九六年開始，又急遽地減少。產生這種現象的原因，第一是由於日本電子企業的泡沫崩潰而導致經濟持續下滑，無力對中國投資。而另一方面則是由於日本無法判斷中國經濟的未來走向。可是與日本相反，在這段期間，歐美的跨國企業開始逐漸加大在中國的投資力度。其結果使得歐美企業在行動通信等尖端領域，不斷地加大其市場佔有率。從兩千年開始，日本又恢復了對中國的投資。這是因爲日本看到了歐美企業在中國市場的影響力不斷增大，並且感到了中國本土企業的競爭力不斷提高而給日本帶來威脅的緣故。日本企業一方面後悔當初的過度謹慎，一方面又爲了不使前期昂貴的投資付諸東流，而重新開始了積極的對華攻略。

特別是日本企業一改從前生怕核心技術洩露，而將尖端產品開發和研發工作都擺在日本本土進行的姿態，果敢地進行中國本土化。將日本所有的電視生產線都遷移到中國的日本東芝公司，將裝有數位頻道接收器的數位電視全部放在大連工廠生產。而新力公司也在江蘇省建立個人用筆記型電腦生產工廠，並已經投入生產，這也是第一家在中國的筆記型電腦市場上以本土生產、本土銷售的形態經營的日本企業。

可是，與這種尖端生產製造相比，更重要的意義則在於，日本企業開始積極地促進中國本土研究開發中心的建立。例如，松下公司於二〇〇一年二月，在北京中關村建立了自己的研究開發公司。這個研究開發公司主要負責第三代行動通信、數位電視相關的軟體發展、CRT基礎技術和中國語音識別與合成等四個部門的研究任務。松下研究開發公司成立當時，雖然只擁有五十餘名研究人員，但是計劃到二〇〇五年為止，將擴大到一千五百名左右。

引進外商投資金額達五百三十億美元，高居世界第一位

對於研究開發中心的建立，美國和歐洲的跨國企業顯示出比日本更加積極的態度。它們從一九九〇年代中期就開始以北京、上海為中心，建立研究開發相關組織。而進入兩千年之後，這個數量更是與日俱增。

根據經濟合作暨發展組織的報告顯示，二〇〇三年中國在引進外商直接投資上面，首次超越美國，成為世界第一位。中國引進外商投資總額為五百三十億美元，而美國僅為四百億美元。中國之所以能夠在引進外商投資方面取得如此輝煌的成績，是由於國內經濟的高速增長、擁有世界最大的市場，以及低廉的生產成本等諸多因素構成的。

外商對中國直接投資的增加，並不僅止於數值上的意義。亦即透過外商直接投資的尖端技術和經營方法的移轉，使得中國競爭力更加得到提升。特別是在通信等尖端技術領域，透過海外合作的技術移轉和以移轉技術為基礎的中國本土企業的不斷追趕，才是眞正讓人感到

可怕的地方。中國中興集團第三代行動通信的行動商務解決方案（Mobile Solution）和手機影像傳遞技術CDMA2000-1x EV-DO、寬頻分碼多工多重擷取（W-CDMA）設備，也不再是我們從前所認爲的中國水準。實際上，在印度CDMA WLL（無線網路覆蓋）設備的競標中，中興公司已經讓韓國企業吃盡了苦頭。

地方政府加速引進世界五百大企業

爲了加速尖端技術的移轉，中國政府積極推行了一系列政策。二〇〇二年四月，中國在發表「外商投資產業指導目錄」時，明確表達了不支持只投資金錢、不投資技術的海外投資。值得重視的是，與中央政府相比，各個地方政府爲了引進尖端技術，正以更加積極的態度展開激烈的競爭。在北京中關村科技園區已經聚集了多家外資企業，可是中關村科技園區管理委員會爲了加速引進世界五百強企業，從二〇〇一年開始專門成立了一支機動小組，一方面調查引進投資的必需條件，另一方面透過多種管道與相關企業進行接觸。

中國是先進技術的黑洞

撰稿人：張斌（中國社會科學院世界經濟政治研究所研究員）

相對優越的投資環境和低廉的勞動力，吸引著越來越多的跨國企業來中國投資，中國已經成爲集中全世界跨國企業生產基地的世界製造中心。這也象徵改革開放這一基本國策的成功。但是，這並非全部。雖然中國擁有相對優勢的製造業，但現在人均勞動生產性只不過是美國的二十五分之一、德國的二十分之一，而設備投資的六〇%以上仍然依賴進口。

仍未完成的市場經濟體制改革，制約著諸多中國企業的獨家研究開發能力。特別是跨國企業主導的世界分業化，很容易使中國跌入低技術產業分業結構的陷阱中去。跨國企業的中國出口產業按著自身的世界分業戰略，中國的地位不過是低技術、勞動集約型產業的生產基地而已。這也使中國企業離尖端技術的距離越來越遠。

中國的出口結構也主要集中在勞動密集型產業上，阻礙了技術的發展。因此，中國爲了成爲尖端技術大國，正更加積極合理地推行改革開放政策。中國科學技術發展計劃包括相對優勢資源的集中強化、提高尖端技術產業的自主創造能力、透過科學技術和金融的結合，強化、提高尖端技術產業的投資環境、強化尖端技術產業的服務體系、透過經濟體制改革發展尖端技術等策略。

但是中國的企業在促進技術進步的過程中，受到了各種限制。在研究開發上投資的費用與企業總收入的比率上，中國企業要遠遠低於美國、日本、德國等先進國家。造成中國企業在研發上投資過少的原因有好幾個，其中最主要的原因就是制度本身。中國還沒有完成現代企業制度，也沒有完成相應的法律法規建設。企業的研究開發是一種高風險投資。可是，現在中國仍然處於企業管理層只重視短期利益，而不重視能夠左右企業未來發展的研究開發活動的階段。在法律法規體制都沒有形成合理秩序的情況下，能夠投資於研究開發的資本規模也是非常有限的。

改革就是使制度從計劃經濟轉向市場經濟，從而提高經濟資源配置。開放則是向中國經濟打開面對世界的大門，充分利用相對優勢，更加有效地促進中國經濟的發展。

中國的宏觀經濟管理層非常重視技術發展，認爲技術才是促進中國經濟發展的動力。在全國範圍內透過「高新技術（尖端技術）開發區」的建設，來促進技術產業發展的原因，也正出自於此。改革開放政策仍將積極合理地推行，而隨著高新技術產業面對的外部經濟環境不斷改善，將有越來越多的企業開始重視技術和研究開發。中國也將從低技術的世界製造業，逐漸轉變爲擁有尖端技術的技術大國。

二・掌握石油

國運維繫於石油，傾全力確保油田

中國已經成為世界石油第二大消費國

進入高油價時代，中國的石油問題不僅是中國經濟的致命要害，並且也是能夠使世界經濟發生動搖的不安因素。中國作爲「世界工廠」，石油的供應惡化不只是中國的問題，而是國際性問題，甚至將對國際政治產生極爲嚴重的波及效果。包括韓國在內的東北亞地區經濟，甚至在國家安全問題上，都將帶來嚴重影響的中國石油問題，已經成爲迫在眉睫的緊要大事。

由於中國的高速發展而引發的石油進口劇增，正在改變世界石油市場的版圖。二〇〇三

中國的石油產需示意與展望（單位：萬桶／日）

區　分	1993年	2000年	2001年	2002年	2003年	2010年	2020年	2030年
原油生產	289	325	331	339	341	280	210	210
石油需求	291	499	503	536	549	700	940	1,200
石油進口	68	177	180	204	270	420	730	990
進口依存度（%）	23	35	35	38	49	60	77	82

資料：BP，IEA

中國的中東石油依存度示意與展望

區　分	1993年	2000年	2001年	2002年	2003年	2005年	2010年	2015年
中東依存度（%）	45	53.5	56.2	49.5	51	64.8	71.6	72.7

資料：BP，IEA

年中國超過日本，成為世界第二大石油消費國。在二〇〇三年世界原油消費增加一．九%的背景下，中國的原油進口量較前一年增加了三十一．二%，這個數值大大超過了美國的二十一．二%和日本的六．九%。中國在二〇〇三年超過了法國和義大利，成為世界第五大石油（包括原油、石油產品）進口國。據國際能源總署（IEA）的推算，在世界石油使用量中，中國的比重由一九九〇年的三．五%到二〇〇〇年的六．二%，到二〇〇四年達到了七．六%，每個階段都呈現著上升趨勢。

對於國際油價的急遽上漲是由中國引起的這種國際輿論，雖然中國持否定態度，但是加上伊拉克政治局面的不穩定、石油輸出國組織（OPEC）的石油減產決定，中國的經濟成長也是造成國際油價上漲的主要原因之一，這一點是不可否認的。

可是中國的石油問題在於生產無法跟上飛速增長的石油需求。現在已經確認的中國石油蘊藏量為一百八十三億桶，石油生產的八〇%以上來自陸地油田。中國大部分大型油田都位於東北部，但是由於油田已經進入枯竭期，原油生產已經到了一定的界限。佔中國原油總產量(一天三百萬桶)三〇%(一百萬桶)的大慶油田，也正處於產量逐年減少的狀況。

中國最大的石油工業園區——大連

在中國政府的石油安全保護政策下，最大的受惠城市就是大連市。位於遼寧省東側半島西南端的大連市，最近發表了「大連建設」計劃，將把大連建設成中國最大的石油工業基地。大連市於二〇〇三年初，投資旅順市雙島灣的石油化學工業園達六千六百五十萬美元，建設了中國最大的三十萬噸級原油碼頭。同時，對於石油提煉能力的擴充和輸油管建設也擴大了投資。

中國國家發展改革委員會於二〇〇四年初，發表了將建設四個國家戰略性石油儲備基地的內容，大連和廣東地區被選定爲優先建設地區。大連市副市長王承敏自信地說：「當石油化工等相關建設完成之後，大連市將成爲中國石油安全保護的戰略性要塞，同時也將成爲東北亞地區的石油產品交易中心。」

中國政府爲了補充薄弱的國內石油生產能力，積極地進行多方面的努力。爲了增加國內石油產量，中國政府推出了「西部大開發」計劃，對內陸地區的新油田進行開發。在中國新疆維吾爾自治區等西部地區，雖然擁有著龐大的能源蘊藏量，但是開發、輸送、人員配置等基礎設施還處於極不完善的狀態。

海底油田開發也是一個新方案。中國海洋石油公司（CNOOC）探勘經理王彥先生指出：「負責中國八〇%石油生產任務的陸地油田，正逐漸呈現減產的趨勢。而為了將來的中國石油安全保護，只有將目光轉向海洋油田。」中國現在雖然在渤海灣、南海、東海等地進行油田開發工程，但到目前為止僅佔整體生產量的一〇・二%。並且將來還有可能陷入領土權的糾紛當中，海洋石油開採更顯不易。因此，作為最現實的方案，中國將近期的方向轉到了海外石油開發上面。從中國完全成為石油進口國的一九九三年開始，中國不斷以小規模買入方式進行著海外石油開發，但是在一九九七年以後，開始轉變為大規模投資。

中國領導階層的石油外交

中國在兩千年以後，透過中國石油天然氣公司（CNPC）、中國石油化學集團公司（Sinopec）、中國海洋石油公司等三家大型國營石油公司，積極地嘗試進入海外石油市場。在一九九七年，中國以六十億美元買下位於蘇丹的蘊藏量為兩億兩千萬桶的油田，在哈薩克以四十三億美元買下了蘊藏量爲八億桶的阿克特賓斯克油田。現在中國在裡海、非洲、亞洲、南美、中東等地區約十六個國家擁有油田的股份和石油開採權。

中國的海外油田購買價格比市價高出一大截的事實，也爲國際石油企業帶來巨大的衝擊。特別是亞塞拜然油田的購買價格，竟然高出第二競標者四〇%以上。這也可以看出中國對於石油安全保護的重視程度。中國的攻擊性油田購買，是受到中國政府內部的積極支持而進行的「資源外交」。一九九七年前總理李鵬在訪問哈薩克的時候，曾經爲了確保超大型油田——烏津油田，而與哈薩克政府簽下了六千公里輸油管道的建設契約書。二〇〇一年，前國家主席江澤民在與俄羅斯總統普汀進行高峰會談的時候，已經就從東西伯利亞安加爾斯克油田到中國的輸油管道建設（十七億美元）達成了協定。

需要加強東北亞能源合作

對於缺少能源的東北亞地區來說，要克服能源危機，就必須加強與周邊國家間的合作關係。首先，韓國和中國等能源消費國要加強與俄羅斯和蒙古等能源生產國之間的合作關係，建立起東北亞合作體系。當然，這也需要區域內國家的積極參與，最重要的是，俄羅斯也願意在解決東北亞能源問題上發揮積極作用。要積極開展東北亞地區的石油產品交易活動，擴大石油以及天然氣等能源的共同開發計劃。爲了避免使中國在石油安全保護問題上發生不必要的競爭與糾紛，中國與周邊國家必須同心協力，加強合作關係。

原油進口大都依賴中東地區，與美國衝突的可能性

中國爲了確保石油的正常供給而顯示出的積極態度，必然將與超級大國——美國產生摩擦，中國與美國之間在中東地區的石油糾紛正在不斷擴大。對於中國來講，最頭痛的就是原油進口量五〇%以上均來自中東地區。跟據國際能源機構的非會員國負責人展望：「到二〇一〇年，中國對中東地區的石油進口依存度將超過七〇%。」

中國批評美國爲了霸佔波斯灣地區的能源資源，而使用霸權主義手段，並認爲這將成爲中國進入中東石油市場的阻礙因素。還有的觀察家認爲，美國不顧全世界的反對呼聲，強行攻佔伊拉克的行爲，最終也是與其潛在敵對國——中國暗地裡展開的一場較量。因此，近來中國開始將目光轉向裡海與非洲等新生油田地區。中國爲了保障石油安全，將這些地方設定爲戰略地區，積極地擴大著石油版圖。

可是，美國的牽制行動也不可小視。美國爲了確保在裡海的獨家地位，以建立軍事基地等行動擴大其在該地區的影響力。在這些地區，雖然糾紛還未上升到表面化，但是已經向世

人顯露出兩國之間發生競爭和衝突的可能性。最近，美國的《國家能源政策報告書》上面所提及的「將來我們必須對於那些能夠爲國際能源均衡產生影響的新興地區給予更多的關注」，也是出於相同的意圖。

歸根結柢，在解決石油安全問題方面，中國首先需要解決的就是與美國之間的糾紛。中國社會科學院世界經濟政治研究所國際戰略研究室任海平主任強調：「中國政府必須盡最大的努力，以避免在確保石油的過程中與美國發生戰略性衝突。」這番話也反映出了中國的苦惱。

中國的海洋石油開發也提高了與周邊國家發生軍事衝突的危險性。中國與越南的糾紛海域是南沙群島，而與日本的糾紛海域則是釣魚台。與韓國也可能會就黃海和東海大陸棚分界線問題發生糾紛，這些海域糾紛會爲亞洲地區國家間合作關係的建立帶來陰影。

近來，中國軍艦曾經出現在群山前海地區，接近韓國石油勘探船進行武力示威，這個事件所包含的意義非常重大。東北亞能源問題專家、美國普林斯頓大學的肯特・加爾德教授提出警告：「當中國在石油安全問題上受到嚴重威脅時，有可能會選擇依靠軍事力量來解決問題。」

三・由「關係」轉變爲「制度」

與高層官員的關係即為企業的競爭力

與制度相比，更加重視人際關係的中國也被稱之爲「關係之國」。雖然擁有正當的法律保護，但是如果沒有「關係」，仍然會相當辛苦；而無論多麼困難的事情，如果擁有關係，事情就會很順利地辦妥，這就是中國。對於爲了商務而來到中國的外國企業，最先，也是最多經歷的，就是依靠著關係的業務處理。世界性跨國企業——可口可樂的董事長道格拉斯・達夫特說，他最常從中國合作夥伴那裡聽到的話就是：「我們與政府高官有著很好的關係，能夠很容易地解決您所需要的一切。」

政府與企業的關係以「父子」為比喻

一家於一九九六年進駐天津工業園區的韓國中小電子企業的社長說：「在進入中國的初期階段，公司發展了許多關係，這些關係對環境、勞務問題、甚至稅務問題，都發揮很大的幫助作用。」正因如此，不只是中國企業，就連外國企業也開始重視與中國的高層官員建立關係。可是現在與過去相比，關係的力量正在逐漸減弱。因爲中國加入了世界貿易組織之後，政府開始對法律和制度重新調整，並努力建立起一個嶄新的秩序體系。

即便如此，在過去數千年期間形成的根深柢固的「關係」文化，是否能夠在短期內得到改善，還需要靜而觀之。可以說中國人的生活本身就是一種關係文化，政府主導的經濟結構也成爲一種加強企業和政府官員關係的催化劑。中國的政府官員擁有強大的權力，政府與企業之間的關係甚至可以用「父子關係」來表達，相對於市場的發展動態，企業受到政府政策方向的影響反而更大。一言以蔽之，受到政府實權者或官員照顧的企業，比沒有這層關係的企業更容易成功。

關係本身並不成爲問題，問題在於關係經常與腐敗相聯結。最近廣西省賓陽縣的一個高速公路管理所中，發生了六名國家公務員貪污一百五十萬元人民幣的犯罪案件。而吉林省的一個私營企業老闆桑奧春，在購買了一家國有企業之後，在地方政府的默認之下，利用國有企業的地位獲得了減免稅收、銀行融資等優惠待遇，中飽私囊，轉移資產，最終被依法逮捕。這兩個案件如果沒有地方政府的默認和龐大的關係網，是絕不可能發生的。

全力推行制度化的中國政府

依靠關係形成的腐敗食物鏈，已經成爲腐蝕國家競爭力的主要原因。中國政府最近發表了「與腐敗鬥爭」的宣言，在大舉罷免貪污受賄的高層官員的同時，也努力推動各種立法和規定的制定進程。對內可以消除老百姓對共產黨腐敗的不滿，對外也符合加入世貿組織之後，國際社會提出的建立透明制度的要求。

中國政府於二〇〇四年七月一日公布了「中國行政許可法」，廢除了四百九十五項行政審核項目，並且，將來如果不依照法律或國務院的決定，地方政府沒有權力私自添加審核項目。中國還於二〇〇三年三月制定了「國務院工作規則」，提出了行政機關的業務處理原則。從基本上限制公務員的任意裁量，以實現更加透明的法制行政體系。

溫家寶總理在二〇〇四年七月五日召開的行政機關會議上指出：「到目前爲止，政府與企業的作用區分還不明確，依照法律和規定的業務處理還不嚴格，權力與利益相掛鉤的情況經常發生。」他還強調：「將來黨和政府會透過法制行政，徹底地杜絕官僚主義和腐敗現象的發生與蔓延。」

中國政府的努力正改變著中國內部的商務環境。在改革開放以後，爲了使社會主義市場經濟得到穩定，中國政府不斷加強在貿易、金融、投資等方面的法規和制度的建設，並減少市場干預程度。雖然暫時因爲市場經濟體制的營運時間不長，出現了許多制度上的盲點與問題，但是仍然取得了令人矚目的發展。

英國的經濟評論雜誌《經濟學人》評論說：「中國的政策環境正在不斷完善，特別是對政府業務簡單了許多。」

運用「關係」雖不可避免，但千萬不可完全依賴

雖然中國政府做出很多努力，但是已經在中國人的日常生活中根深柢固的「關係」文化，並不可能完全消失。正如前面所提到的，在中國如果完全不理會關係的作用，那麼事業注定要失敗。爲外國企業提供法律諮詢的姜喆律師說：「最近由於中國政府的努力，行政法規逐漸得到了體制化，與以前相比，利用關係的情況也大爲減少，但是在需要公務員做出任意裁量的許多情況下，關係仍然發揮著極其重要的作用。」

就目前來看，在中國的商務活動中，仍然無法完全擺脫關係的影響。可是在利用關係的時候，應該以什麼方法建立關係，怎樣利用關係才是最重要的？依靠賄賂和吃喝建立起的關係不會長遠，只有遵守法律、利用信譽和誠信建立起的關係，才能帶來長期利益。與高層官員相比，與實際業務負責人建立關係更加重要。沒有實力，只是單純依靠高層官員照顧的企業，同樣也不會長久。

中國著名的富豪、東方希望集團的劉永行董事長闡述的關係論，有著深刻的意義。他說：「關係或許能夠在短期內爲企業帶來一定程度的便利和機會，但是這並非商務的本質，因此不會維繫很久。我們從未給政府官員送過禮，也沒有與政府建立任何關係，但是現在我們正得到地方政府的全力支援和優惠政策。」

從前那種依靠關係的商務活動不再能夠爲企業帶來成功。雖然依靠關係可以使企業擁有良好的形象，並爲商務創造諸多機會，但這只是進入商界的手段而已，因爲眞正重要的是企業實力。適當運用關係是不可避免的，但萬萬不可完全依賴。

以法治建構經濟秩序

撰稿人：王巍（中國全球併購研究中心秘書長）

中國企業的市場化改革是中國經濟發展的重要基礎。國有企業、民營企業和外資企業在過去二十年間的競爭與合作過程中，已經形成了相互融合依存的關係，是中國經濟的重要組成部分。

中國政府正積極地促進著新經濟體制的構成，特別是利用法制構築起合理的經濟秩序。中國經濟的全球化正是在這種前提下進行的，中國經濟和中國企業也正在以三個部門的變化爲基礎建立。在過去二十年間，中國經濟體制改革得到了全面的發展與完善，已經初步形成了市場經濟體制。政府也正由經濟權力的編制中心，轉變爲調解市場體制的管理中心。在平等的原則下，共同促進各種經濟主體的資本、技術、勞動力等生產要素的配置。

曾經硬性規定著社會、政治秩序和經濟權力的命令性條例，將被現已完成的法令法規所代替。在經濟全國化與所有制多元化的潮流中，政府的政策執行力和影響範圍正發生著變化，對以市場爲主體的平等競爭的市場環境發揮極大的正面作用。

中國政府在一九九三年通過、實施的公司法、會計法以及經濟合同法等，爲企業的市場進入規則與平等參與制定了具體規範；另外，透過消費者權益保護法和工會法，保障了消費者與勞動者的合法權益；透過所得稅法等，構築起中國的稅務體制；透過中國人民銀行法、商業銀行法等，建立了中央銀行宏觀調控體制和金融業監督管理的基礎。總體來看，中國政府的職能變化是透過法規的完善，從而建立起中國市場化的不可抗拒的構築過程，而這也意味著政策的公開化和民主化。

國有企業改革是中國民營企業發展的機會，中國的民營企業的發展趨勢是飛躍性的，幾乎在所有的產業領域中，在就業、稅收、國內總產值貢獻度等方面，均表現出強勁的發展趨勢。雖然民營企業的產品和服務仍然與國有企業市場有著一定的關係，但是在創造意識和生命力方面，卻爲中國經濟注入了新鮮的活力。

可是，由於中國的民間金融體制落後，在危險的時期，民營企業經常會在資金流通、分配等方面陷入困境。近來頻頻發生的中國民營經濟的破產事件，也正是由上述原因造成的。但是，這也可以看作是中國民間金融發展的機會。最近幾年，中國的金融產業在體制上得到長足的發展，中國民營經濟的最終成果，完全決定於中國金融機構的民營化上。

四・選擇性的開放政策

加入自由貿易協定，金融開放步伐仍然過慢

引進外資等經濟改革獲致巨大的進展

在距離中國的經濟首都——上海不遠的江蘇省蘇州市，有一個面積相當於汝矣島十倍的蘇州工業園區（特區）。當採訪小組於二〇〇四年六月中旬來到蘇州工業園區的時候，恰逢工業園區成立十周年紀念活動。素有「中國鐵娘子」之稱的吳儀副總理等中央領導和江蘇省領導都出席了這次盛典。在飄揚的太極旗下，三星半導體的現地法人張炯鈺先生，代表進駐工業園區的一千五百多家企業宣讀了祝詞。據三星公司的有關人士說，中國政府對於第一家進入中國的外資企業——三星公司，給予多方面的關懷和照顧。

中國積極吸引外資，也使得對外經濟開放上了軌道。在過去改革開放的二十年間，中國平均以每年九%的速度飛快成長，已經繼美國、德國、日本之後，成爲世界第四大貿易大國，交易規模超過了八千五百億美元。

但是不能因此就錯誤地認爲中國已經在所有方面都完全對外開放了。中國只是在吸引外資方面向世界敞開了大門而已，而在自由貿易協定簽署以及金融開放等部分，仍然步伐緩慢。在面對與經濟主權相關的問題時，完全是一副小心翼翼的態勢，這與製造業及基礎設施建設開放所持的立場正好相反。

在被稱爲「中國的未來」的上海浦東地區，爲了二〇一〇年世界博覽會的召開，現在正在大肆進行城市基礎建設和綠化建設。位於浦東的八十八層金茂大廈高度達到了四百二十·五公尺，是世界第四高的建築物。但是現在，這個記錄馬上就要被打破了。上海市吸引了外商的投資，已經開始著手在金茂大廈的後面，分別建造起能夠挑戰世界最高記錄的一百零四層和一百零七層的兩幢大廈。

上海市對外經濟貿易委員會的對外經濟合作處嚴翔燕副處長自豪地說：「過去我們只能透過外資企業進入上海，在外國技術生產商品的過程中，才能夠學習到先進技術。但是，現在外國企業已經開始與中國合作，建立起技術研究所，爲中國培養技術人才。」可是當談話的主題進入金融開放問題之後，他的表情變得愼重起來。他說：「雖然現在上海市在實踐的角度上，已經採取了幾種金融開放措施，可是完全的金融開放還要配合全國的步調實施。」

在二〇〇一年十一月召開的「東協（東南亞國協）加三（中、日、韓）」高峰會議上，中國前總理朱鎔基提出了東南亞和中國之間建立自由貿易協定的建議。而一直認爲東南亞市場是自己獨有市場的日本，對於中國的突襲感到震驚，從而於二〇〇二年與新加坡簽署了自由貿易協定，以牽制中國。在日本的立場上，如果二〇一〇年中國與東協正式簽署自由貿易協定，那麼自己將在中國和東協貿易上蒙受巨大損失。在這種情況下，韓國也可能蒙受不小損失。因此，韓國政府與對外經濟研究院等國家政策研究機關，對於中、日、韓的自由貿易協定和東亞自由貿易協定（EAFTA）積極樹立對策，也正是在這個背景之下發生的。

但是，採訪小組在北京遇到的一位中國官員卻對中、日、韓三方的自由貿易協定簽署表示：「日本並不支持，而韓國和中國之間的貿易逆差還是過大，目前時機尚未成熟。」二〇〇四年六月底，中國藉阿根廷總統基什內爾訪華之際，正式對中國與南方共同市場（MERCOSUR）之間的自由貿易協定進行了探討。這個舉動對於在東南亞市場上將與中國成爲競爭對手的韓國、日本等東北亞國家，不得不說是一個巨大的震撼。放眼未來，中國的市場和金融開放，將在大中華經濟圈範圍內逐漸擴大促進步伐。

在東南亞市場的競爭中，韓國需要對應方案

因此在這種背景下，韓國必須面對雙重課題。說服中國，促進東亞自由貿易協定等中、長期目標是首要課題。而根據經濟合作暨發展組織的最新資料顯示，在東亞自由貿易協定成功簽署的情況下，韓國和中國的國內總產值將各自上升一．七%和一．二七%，只是會在韓國的農業部門和中國的汽車部門引發一部分製造者、勞動者的強烈反對。而在韓國有專家指出，爲了減少韓國對中國的過度依賴所帶來的風險，韓國必須同時謀求與印度簽署自由貿易協定等其他方案。

中、韓自由貿易協定商談此正其時——北大教授王正毅訪談錄

中國在自我技術力量相對雄厚的製造業、原子能發電廠以及能源開發的基礎設施建設等方面，不斷地提高對外開放速度，可是對於金融系統等軟體力量較弱領域的開放，則顯得過於慎重，在自由貿易協定上也進行著有選擇性的簽署。爲了瞭解中國對自由貿易協定簽署的眞實想法，採訪小組直接訪談自由貿易協定專家、北京大學國際關係學院王正毅教授。

現在中國正在促進與東協的自由貿易協定，其背景為何？

「中國在經濟開放以後，相對於多邊貿易更加重視雙邊貿易。可是從一九九五年，亞太經濟合作會議和東協地區論壇等採取多邊貿易的兩個機構的出現，中國作爲會員國和觀察員的身分，參加了這兩個會議，環境也隨之發生了變化。特別是東協創立了東亞自由貿易區（AFTA），並開始大幅降低關稅，隨著二〇〇二年底，東協六國正式進入自由貿易協定時代，中國也決定在未來十年內，建立起中國—東協自由貿易區。」

韓國與中國的自由貿易協定簽署必要性，也被一些專家提起……

「就我個人的觀點，與韓國的自由貿易協定已經到了應該簽署的時機了。可是二〇〇三年中國對韓貿易赤字達一百三十二億九千萬美元。韓國在半導體產業上領先中國十至十五年，雖然在纖維等其他製造業上，兩國的技術實力相差無幾，但是在國家的角度上無法減少赤字幅度。因此，中國政府不會貿然同意與韓國簽署自由貿易協定。中國如果想要與韓國簽署自由貿易協定，那麼就要首先考慮從哪些產業開始開放，對於兩國之間的產業結構重組方向等，必須先進行充分的研究。」

與中韓、韓日、中日各自簽署自由貿易協定相比，中國、日本、韓國三國簽署三方自由貿易協定所

產生的互補效果，是否會更大？

「中國、韓國、日本之間簽署自由貿易協定的可能性並不大。首先，日本沒有簽署自由貿易協定的意願。在二〇〇二年中國剛提出與東協建立自由貿易協定，日本就對所有東協國家各自進行了訪問，以牽制中國。並且，如果中日韓三方簽署了自由貿易協定，中國與東南亞的關係就會變得異常。就我個人看來，中國希望與東協簽署自由貿易協定，是考慮到中國在東南亞擁有龐大的華僑網絡所致。」

面對能源不足狀況的中國

撰稿人：陳迎（中國社會科學院世界經濟政治研究所研究員）

中國是世界最大的發展中國家，同時也是能源消費大國。二〇〇二年中國的能源消費總量達到了十四億八千萬噸，高居世界第二位。從一九八〇到兩千年二十年間，中國的國內總產值以年均九．七％的速度成長，但是能源消費量的年均增長速度也達到了四．六％。在這二十年間，二氧化碳排放量累計達到了七億噸，而亞硫酸的排放量也達到了一千九百萬噸以上。

今後二十年是中國實現工業化和現代化的重要時期，中國經濟要以兩千年爲基準，實現國內總產值增加兩倍的戰略目標。爲此，中國經濟必須以年平均七·二%的增長速度發展。可是由於中國的特殊性和全球化趨勢、環境保護運動等國際壓力，中國將面臨比先進國家更加嚴峻和複雜的挑戰。

據專家預測，在採取合理政策的假定條件下，二〇二〇年中國的一次能源需要量將達到二十五億至三十三億噸，比兩千年高出兩倍。其中，煤炭的比重將佔六〇%，而交通和建築物的能源消耗量將呈大幅上升趨勢。在可持續發展的角度來看，未來中國將面臨的能源問題是石油、天然氣和水資源的不足。能源、交通以及通信等基礎設施的建設正在加強。二〇〇二年以來，不過數年間，中國的二次產業就由原來的五〇%上升到六十四%。

在中國，使用煤炭作爲直接燃料的能源結構是造成大氣污染的主要原因。兩千年，中國的亞硫酸、氮酸物的排放量各自達到了兩千七百一十九萬噸和一千九百八十八萬噸，已經超過了環境負荷量。並且，隨著石油進口量的增長，以石油安全爲代表的能源安全形勢已經益發嚴峻。自從中國於一九九三年成爲石油進口國之後，中國的石油依存度已經由一九九五年的七·六%急遽上升到兩千年的三十一%。據專家預測，二〇二〇年中國的石油消費量至少達到四億五千萬噸，而其中石油進口量將達到總消費量的六〇%。正面臨嚴峻挑戰的中國，爲了將來的發展，已經將能源節約放在了首要位置。一九九七年，中國政府頒布了「能源節約法」，制約和淘汰了一部分物資技術，以及多能源消費、多污染排放產品。

INK PUBLISHING

讀者服務卡

您買的書是：____________________

生日：______年______月______日

學歷：□國中　□高中　□大專　□研究所（含以上）

職業：□軍　□公　□教育　□商　□農

□服務業　□自由業　□學生　□家管

□製造業　□銷售員　□資訊業　□大眾傳播

□醫藥業　□交通業　□貿易業　□其他______

購買的日期：______年______月______日

購書地點：□書店　□書展　□書報攤　□郵購　□直銷　□贈閱　□其他

您從那裡得知本書：□書店　□報紙　□雜誌　□網路　□親友介紹

□DM傳單　□廣播　□電視　□其他

您對本書的評價：（請填代號 1.非常滿意 2.滿意 3.普通 4.不滿意 5.非常不滿意）

內容______　封面設計______　版面設計______

讀完本書後您覺得：

1.□非常喜歡　2.□喜歡　3.□普通　4.□不喜歡　5.□非常不喜歡

您對於本書建議：

感謝您的惠顧，為了提供更好的服務，請填妥各欄資料，將讀者服務卡直接寄回或傳真本社，我們將隨時提供最新的出版、活動等相關訊息。

讀者服務專線：（02）2228-1626　讀者傳真專線：（02）2228-1598

廣	告	回	信

台灣北區郵政
管理局登記證
北台字第15949號

235-62
台北縣中和市中正路800號13樓之3

印刻出版有限公司　收

讀者服務部

姓名：________________　性別：□男　□女

郵遞區號：__________

地址：________________________________

電話：（日）________________（夜）________________

傳真：________________

e-mail：________________________________

INK

根據一部分專家分析，透過能源節約和提高能源利用率的政策措施，中國的能源消費總量將得到十五%左右的節約。並且，能源結構也將變得多元化。二〇二〇年，煤炭的使用量將達到能源總使用量的六〇%左右。雖然以煤炭爲主的能源結構很難從根本上改變，但是在這種結構下，迅速提高天然氣的使用、積極擴大水力發電規模、使用核能發電和可再生能源，都將在未來代替煤炭的使用。

中國的未來決定於未來的能源使用上。透過能源的可持續發展戰略，中國會創造更加美好的明天。

五・加入「太空俱樂部」

中華朝向宇宙的「飛天夢想」

繼美、俄之後，中國成為世界第三大太空強國

二〇〇三年十月，隨著神舟五號太空船的成功發射與回收，中國人終於實現了「千年的飛天夢想」。由此，中國也繼美國、俄羅斯之後，成爲世界第三大太空強國。載人太空船的成功發射具有與「兩彈一星」同等的意義。如此重大的成就，將在中國科學技術史上大書特筆。載人宇宙飛行是多種科學的交叉性集合與高級技術的綜合成就，意味著中國科學技術發展水平的新飛躍，標誌著中國的宇宙航太和空間技術已經進入了世界先進行列。

中國的宇宙計劃目標是滿足經濟、國家安全、技術、社會等各方面的需要，達到保護國

家利益和增強國力的目的。中國一直認爲科學技術是國力的基本要素，在過去數十年間，中國擬定符合本國國情的制約性目標，積極發展具有中國特色的宇宙計劃。

一九七〇年四月二十四日，隨著中國的第一顆人造衛星——東方紅一號的發射成功，中國成爲世界上第五個能夠自行製造和發射人造衛星的國家，從而拉開了中國宇宙活動的序幕。一九七五年十一月，隨著返回式遠端監視衛星的發射和回收成功，中國成爲世界第三個擁有衛星回收技術的國家。現在中國的回收成功率已經達到了先進國家的程度，到兩千年十月爲止，中國已經成功地製造和發射四十七顆各種人造衛星，發射成功率超過九〇%。

現在中國正在開發的衛星，以返回式遙感衛星系列爲首，還有「東方紅」通信廣播衛星系列、「風雲」氣象觀測衛星系列、「海洋」探測衛星系列、「北斗」導航定位衛星系列、「實踐」科學探測和技術試驗衛星系列，以及「資源」探測衛星系列。中國已經擁有了科學試驗用、遙感用、通信廣播用、氣象觀測用、資源探測用等多種用途的人造衛星，下一步將構築更加完善的通信廣播衛星體系、導航定位衛星體系和大地觀測衛星體系，以及實現保障衛星能夠連續性、長期性安全運行的「天地一體化」。

中國爲了宇宙開發，建立了許多相當規模的產業和支援體系，其中十二種「長征」系列運載火箭的開發，使中國具有了高低軌道、地球同步軌道和太陽同步軌道的衛星發射能力。現在「長征」系列擁有低高軌道三百至九千五百公里、地球同步軌道一千五百至五千一百公里和太陽同步軌道六千五百公里的運載能力。自從一九八五年中國正式進入世界商業發射市場以來，已經爲外國成功發射了二十七顆人造衛星，與美國和歐洲一同成爲航太領域的領先者。到現在「長征」系列運載火箭的發射次數已經達到了六十三次，僅在一九九六年十月到二〇〇〇年十月的四年間，就成功發射了二十一次。

在這期間，中國在發射、管制、追蹤、研究開發和教育訓練等方面，構築了大量的設施和人力體系，在確保太空船的獨自性設計、開發、實驗、發射、追蹤、管制和回收能力的同時，中國還在酒泉、西昌、太原等三個地區建立了衛星發射基地，從而構成了包括遠端追蹤、觀測和指揮（TT&C）在內的地面管制和營運體系。

未來中國航太技術的重點是加快下一代運載火箭開發進度、宇宙基礎設施的建設、開展載人航太計劃的兩個階段、航太科學研究的強化等。今後中國的載人航太計劃將分三個階段進行。第一階段是到二〇〇五年爲止的載人太空船的再發射；第二階段是到二〇一〇年爲止實現太空出艙活動（太空行走）和掌握空間飛行器的交會對接技術，並且建設八噸級的臨時宇宙實驗室；第三階段則是到二〇二〇年爲止建立二十噸級的永久性太空站。

中國在二〇〇五年下半期的發射計劃，是能夠順利地進行神舟六號和運載火箭的開發工作。神舟六號的主要任務是多人乘載和長期滯空的突破。而太空行走和太空對接等後繼任務，則會由神舟七號發射之後，按各個階段完成目標。

在中國載人航太計劃的長期目標中，包括著宇宙往返航行、建設宇宙工廠和月球及火星的勘測等。中國的月球勘測計劃也將分三個階段進行，第一階段的目標是在二〇〇七年之前實現環月飛行，並探測月球的地形地貌和地質構造、資源分布、監測地月空間環境；第二階段是在二〇一〇年之前完成月球表面著陸和資料傳送；第三階段則是在二〇二〇年之前，採集有關樣品和返回地面。另外，火星勘測衛星將在二〇二〇年之前完成發射計劃。

今天，宇宙已經成爲繼陸地、海洋、空中後，又一個能夠左右現代尖端技術戰爭勝敗的發展空間，並且還將成爲左右戰略性勢力平衡的重要的「第四戰場」。自從建國以後，中國一直苦心鑽研航太科學和航太技術，不斷提高航太能力，並將其認爲是戰鬥力的重要因素。因此，中國的航太計劃從概念化到實用化，都具有明確的軍事應用傾向，並且這一系列的航太計劃也都是在中國人民解放軍的管制下進行的。即使在現在，太空船的發射和追蹤設施還是由人民解放軍管理。

隨著載人太空船的發射成功，中國擁有了更長軌道的飛行能力，確保了其飽含著軍事含義的尖端技術。事實上，征服宇宙也成爲中國在「第四戰場」上重新「奪回」喪失已久的技術性支配和革新資產的機會。如果中國成功地在地球軌道上建立起自己的太空站，並在未來十年內超越俄羅斯和歐洲技術，成爲直追美國的超級宇宙強國的話，說不定世界眞的會發生一場從未經歷過的宇宙競賽。

二〇一五年，中國將建立太空站

撰稿人：沈驥如（中國社會科學院經濟政治研究所副主任）

二〇〇三年十月十五日，載人太空船——神舟五號的成功發射，不僅標誌著中國綜合實力的增強，並且在中國民族的復興過程中擁有著重要的歷史意義。中國政府合理地推進空間技術、空間應用和空間科學等三個領域的研究和開發，並促進航太飛行事業的全面協調、發展。

在一九七〇年四月二十四日，繼中國第一顆人造衛星——東方紅號的成功發射之後，中國的航太計劃主要取得三項重大成果。在這期間，中國共發射了七十餘顆人造衛星，並且促進了遠端遙感、廣播通訊、氣象觀測、科學勘測和技術實驗等五種類型的人造衛星的發展。最大運載能力達到五．一噸的十二種「長征」系列運載火箭的研究、製造工作，也順利地完成了。現在在酒泉、西昌和太原等三個地區設有航太發射場，啟動了陸地、海洋監測網，並在二〇〇三年成功地發射了載人太空船。

中國非常重視衛星遠端遙感技術的開發。從一九七〇年初期開始，中國在氣象、礦產、農林、水利、海洋、地震、城市建設等方面，廣泛地應用了這項尖端技術，並收到了極大的經濟效果。衛星通信也是中國空間應用技術的重要領域。從一九八〇年代中期開始，中國利用國內外的通信衛星，滿足通信廣播教育事業的需要。在衛星通信的幫助下，中國在家用電話和行動電話的數量上都高居世界第一。

中國在金融、氣象、交通、石油、水利、民航、電力、衛生和報紙等部門，擁有八十多個專用通信網，設立了中國和全世界數十個廣播、電視和教育節目，已經有三千多萬名中國人經由衛星電視教育節目，接受了大學課程和中等專業技術的教育。

中國的航太事業大幅促進了中國的經濟發展。在中國最近開發使用的一千一百餘種新型材料中，八〇%左右是獲得空間技術的協助研究而製作成功的。一千八百多種的空間技術成果已經被應用在國民經濟的各個部門，據預測，二〇〇五年中國的衛星應用市場規模將達到一百二十五億美元。

中國在今後二十年間的目標，是空間技術的產業化、經濟建設、國家安全、科學技術發展和滿足社會不斷進步的各方面需要，並提高綜合國力。首先構築起載人航太工業飛行系統，在推動月球勘測計劃和火星航太飛行探測計劃的同時，按照獲得中國政府許可的民營航太飛行「一五計劃」，投入龐大的預算，研究製造八種新型人造衛星。

月球勘測計劃主要分三個階段進行，第一階段是在二〇〇七年之前進入月球軌道；第二階段是在二〇一〇年之前進行月球表面著陸；第三階段則是到二〇二〇年爲止完成勘測、樣品採集和返回地面的目標。並在二〇一五年左右，建立一個可供太空人長期居住的二十噸級的太空站。

六・中國的新安保戰略

向世界誇示：「中國是東北亞的警察國家」

上海合作組織的創建，將影響力擴至中亞地區

最近，中國重新制定了安保概念，和以此為基礎的積極外交政策，以及周邊外交政策，其背景、動向和影響，引起了國際間的高度重視。胡錦濤主席在二〇〇三年十月召開的曼谷亞太經濟合作會議上，強調為了地區合作的三點主張，即「安定、發展、開放」。溫家寶總理也在二〇〇三年十一月召開的國際論壇上聲稱：「中國在不斷地擴大對外開放的同時，還將積極促進對外發展戰略。」

中國飛速的經濟增長已經引起世人的矚目，中國認為二十一世紀前二十年是中國發展的

重要戰略機會，強調透過經濟的極大化來實現外交和戰略的內在整備。早在冷戰結束之後，所有戰略性秩序的變化趨勢，爲中國提供了重新考慮樹立戰略方針的機會。中國已然脫離前蘇聯的軍事威脅，並積極建立與俄羅斯之間的戰略夥伴關係。

與俄羅斯之間的安定合作關係，對於中國的對外政策有著重大的意義。中、俄兩國關係的發展，不僅在諸如牽制美國等對外問題上，也能在車臣和台灣等各自的對內問題上，發揮相互支援的效果。同時，中國的周邊狀況也將得到極大的改觀。中國飛速的經濟增長已經成爲地區經濟的重要因素和機會，周邊國家消除了過去對中國的不信任，開始謀求經濟合作和戰略協助。

可是伴隨著舊秩序的崩解，中國也開始感受到對外的薄弱環節和界限。對於中國更加嚴峻的是波斯灣戰爭之後，美國利用霸權主義形成的單極世界體制的出現，以及其長期化的趨勢。美國已經開始將從前尚不甚明朗的與中國的戰略夥伴關係，逐步引向戰略性競爭的糾紛當中。其主要前提就是「中國威脅論」。美國開始對中國採取一系列的強硬政策，最近透過反恐怖主義行動而得到進一步加強霸權主義的美國，也使中國感到不安。對於中國的周邊國家，美國則迅速採取了高壓政策，以加強其在該地區的影響力，從而實現對中國的封鎖。

因此，中國爲了國家安全和發展，必須建構出更加廣泛和遠大的對策。爲此，中國在充分考慮到現實局勢的前提下，制定出以和平共處原則爲基礎的新戰略概念。在充分認清當前現實局勢、時代發展趨勢和地區特性的同時，強調其追求透過相互依賴和增進合作的國家安全及發展的願望。即由於當前國家安全威脅因素的廣泛化趨勢，和由此產生的國家間共識和相互依存要求的增大，新戰略概念的本質是建立在互信、互惠、平等、尊重以及合作的基礎上。

在飛速的經濟發展下，作爲中國地區內經濟合作促進的重要因素，區域內產業、貿易和資本結構的相互依存性不斷得到提升，由此潛在性空間也得到了擴大。中國的對外戰略重點和關鍵也變爲地緣經濟的強化，即經濟的區域內依存和參與。這也爲中國的國家安全和今後的發展賦予了重要的戰略意義。

事實上，中國以信賴與合作爲基礎的新國際秩序建設主張，也預示著中國的區域內經濟、政治、軍事復興的必然趨勢。因此，正如西方專家所指出的，中國的新國家安全和戰略概念，其實就是「仁慈」的中國爲了將亞洲納入本國的影響範圍，而勾勒出的「和平性」勢力戰的藍圖。

在中國爲了「和平崛起」而選擇了周邊戰略的情況下，首先會考慮到基礎的構築並積極的爭取其實現。中國在區域內合作的加速化和一體化中，將不斷發揮其重要的作用，以鞏固其大國的地位，並且還將加強「全球化背景下的區域化依存和參與」。在這裡，包含著區域內和平環境的建設、經濟交流的強化和國家安全對話的促進等多種方案。

中國的新國家安全概念和戰略的定義是進一步加強與周邊國家的關係，爭取簽署更多的宣言和協定。中國爲了與俄羅斯、哈薩克、吉爾吉斯、塔吉克、烏茲別克等中亞五國進行廣泛的地區間對話與合作，創建了上海合作組織（SCO）。另外，中國還透過東亞十加一和十加三的年度峰會，加強與周邊國家的關係。在中國與東亞關於「建立自由貿易區」進行協定之後，還簽署了「面對和平繁榮的戰略夥伴關係共同宣言」和「東南亞友好合作條約」等。

隨著現在與周邊國家的友好合作和相互依存關係的確立，中國的新國家安全概念和周邊政策收到了顯著的成效。在中國成功地消除了發生區域內糾紛的可能性的同時，還創出了新型合作方式，並積極地向其他周邊國家普及這種合作方式。

周邊國家在各自的戰略制定過程中，將不斷反覆地對中國的地位和作用進行重新認識。隨著中國不斷發展，其周邊國家也將不斷擴大對中國的期待，並不斷增強對中國行爲方式的信任度。周邊國家爲了與中國建立更加廣泛的經濟、政治以及戰略性合作關係，將更加積極地謀求新的途徑和方案。在經過地區性參與，加快邁向全球化步伐的過程中，中國將發揮更加核心、建設性的作用，並保障區域內長期性的安定和發展。

東北亞和平、發展的新動力

撰稿人：王逸舟（中國社會科學院經濟政治研究所副所長）

在東北亞地區，中國追求的目標是迎合新的歷史潮流，建立實現和平與發展的新的東北亞和平框架。爲了實現這個目標，朝鮮半島必須實現和平繁榮，以相關國家間的信賴和支援爲基礎，形成多方體制的安全共同體。按照理想的進程，外國軍隊撤出朝鮮半島，朝鮮半島雙方達到完全的和解，並在南、北韓雙方共同的意願下得到統一。朝鮮半島實現無核化，不僅對相關周邊國家的和平發展，而且對國際經濟的發展，也將發揮重要的作用。

如果想要使這個理想得到實現，首先就要實現朝鮮半島的無核化，並消除北韓和美國之間尖銳的對立關係。積極支援北韓，使其走上改革開放道路的同時，還要促使北韓與韓國之間的關係得到和解，並促進恢復北韓與日本的正常外交關係。總體來講，東北亞各國都要在這個新的和平框架中享有應得的利益。無論政權發生改變，或是外部因素發生變動，中國都不會改變這種東北亞和平環境的建設。從本質上講，中國對朝鮮半島和東北亞的根本立場是建立在改革開放政策的基礎上的。

在對待朝鮮半島問題上，與半世紀前相比，中國的態度發生了巨大的改變，正扮演「促進和解，消弭戰火」的消防隊員角色。中國已經明確表示不會因爲朝鮮半島問題出兵，同時也在聯合國安全理事會上表明絕不贊成外部勢力的強制性鎮壓。中國在北韓核武開發問題上，不會批判任何特定國家，同時也不會偏袒任何特定國家，努力以實事求是的方法解決問題。

從表面上看，北韓是矛盾的主要原因。北韓已經宣布「已經擁有核子武器，或是將會擁有核子武器」，這對北韓鄰國和東北亞，乃至國際社會，都是一個棘手課題。另外，北韓的糧食不足和能源危機，也是東北亞國家直接面對的人道主義難題。北韓與美國之間的相互不信任，不僅會損害兩國的利益，同時也對東北亞的安定和經濟合作產生負面影響。這與東北亞的冷戰結構有關，同時也與世界超級大國美國的對北韓敵對政策有關。

只有在美國政府改變驕橫的態度和企圖顚覆金正日政權的目標，並且承諾拋棄以武力解決北韓核武問題的時候，包括中國在內的北韓鄰國和國際社會才能對北韓進行說服。東北亞各國都擔負著一定的責任和義務，拋棄北韓敵對政策，幫助北韓早日回到國際社會的懷抱中。

實現東北亞安全保障也是主要目標。應該使關於北韓核武問題的六方會談形成制度化。先讓北韓凍結核武開發計劃，然後再消除核武危機，才是正確順序。中國願意成爲促進美國和北韓進行對話的橋樑。

七・夢想成爲「香港第二」的上海

跨國企業湧入，國際金融的「黃金漁場」

以基礎建設完備、稅制優惠等條件引進世界性銀行

位於中國上海市浦東新區陸家嘴的證券交易所，每天從早到晚都充斥著緊張的氣氛。股市一開盤，一千六百多名身穿紅背心的股票交易員馬上緊盯電腦，專心致志地投入到股票交易當中。在每秒鐘完成八千多件交易、超過一億兩千五百萬美元的龐大金錢遊戲中，他們表現出戰士般的堅強意志。這一切甚至會讓我們忘記了這裡是「社會主義中國」的證券市場，而誤以爲來到了美國的紐約股市。

上海正快速發展成國際金融都市。隨著世界性的跨國企業亞洲地區本部不斷向上海遷

移，大量的世界性金融機構也開始在上海登陸。特別是爲中國的經濟發展做出巨大貢獻的中國證劵市場，市價總額超過五千四百五十八億美元，繼日本和香港之後排在亞洲第三位。現在，爲了成爲「亞洲代表性金融中心」，上海與香港、新加坡正展開著一場激烈的競爭。

二〇〇三年底，建立在上海並開始運作的金融機構總數已經達到了三千兩百多家，這個數量遠遠超過了香港的一千六百多家和新加坡的七百餘家。在進入上海的七十三個外國金融機構中，五十八家爲銀行，十五家爲保險公司。隨著它們的到來，上海金融機構的銀行儲蓄也得到了大幅增長。上海的銀行儲蓄總額爲一千三百億美元，雖然距離香港（四千五百億美元）還有一段很大的差距，但卻已超過了新加坡（一千億美元）。

韓國HANA銀行上海分行市場部次長鄭核鎭先生說明：「美系的花旗（Citibank）銀行、英系的香港上海匯豐銀行（HSBC）、荷系的荷蘭銀行（ABN AMRO Bank）等二十四家世界銀行，已經紛紛在上海建立起了中國本部。」「由於銀行的最大消費者——跨國企業不斷湧入上海，因此金融機構也不得不隨之登陸上海。」

世界性金融機構大量湧入上海的原因，與以上海市政府爲首的中國權力集團的全力支援是分不開的。上海市市長陳良宇最近闡明道：「到二〇〇五年爲止，要將金融部門在上海經濟中所佔的比重提升二〇%，將上海建設成國際金融中心。」

擔任過上海市委書記、現任副總理的黃菊，曾擔任過上海市長的前國家主席江澤民，以

進入中國的外國銀行分行示意圖

資料：中國統計年鑑

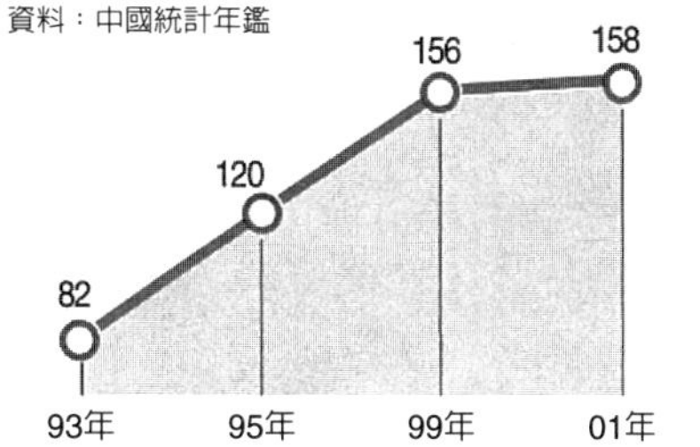

	上海	深圳	北京	廣州	天津
分行數	46	23	18	15	14
	大連	廈門	青島	其他	
分行數	10	10	3	19	

（2001年）

及前總理朱鎔基等上一代國家領導人的堅決支持，對外國金融機構產生了巨大的誘惑。上海浦東發展計劃局馬嘉楠處長說道：「中國中央政府在大力推行金融政策的同時，也果敢地把重點放在外資引進和金融大廈等金融基礎設施的建設上面，這直接成爲上海市國際金融發展的驅動力。」

擁有巨大潛力的上海未來和優惠的稅收政策等，也直接吸引著外國金融機構的到來。在上海，外國金融機構只須繳納相當於其他地方一半的法人稅（十五％），並且在最初前兩年還享受免稅的待遇。僅在浦東地區的陸家嘴，就擠滿了證券交易所、外匯交易所、期貨交易所、黃金交易所等七家主要金融市場。

現在，最積極進入上海的國家就是日本。二〇〇三年十二月，三井住友銀行將原本由銀行本部和香港銀行分擔的資金籌募業務轉移到了上海。而東京三菱銀行也將負責衍生商品交易的專業人才派到上海分行。這是因爲日本銀行認爲，在接近中國市場方面，上海要比香港更爲有利。浦東地區外資企業協會辦公室秘書長胡建華先生說道：「一九九五年，中國人民銀行首先在浦東地區建立分行，在以其爲中心進行金融基礎建設的時候，各家外國金融機構陸續進入了上海。」他還說：「隨日本的住友信託和德國的商業銀行等外資銀行進入浦東，現在浦東地區內的外國金融機構已經增加到七十三家。」

可是，在燦爛的前景背後也存在著陰暗的隱憂。在外國銀行中，實際能以中國人民幣進行營業的金融機構不過二十四家而已，這也顯示出與香港和新加坡相較，上海的金融系統仍然處於落後狀態的現實。上海華東師範大學國際金融系教授黃澤民先生指出：「與香港、新加坡的所有金融機構能夠以各國貨幣進行交易、以全世界爲營業對象的先進經營模式相比，上海仍然存在不小的差距。而超過三千七百六十五億美元的中國各銀行的不良貸款，一直也是中國金融不可忽視的隱憂。上海如果想要成爲國際金融都市，就必須克服這些難關。」

進入中國的韓國金融機構

韓國金融機構早在兩國建交不久後就進入了中國。一九九三年，韓國產業銀行爲了觀察在山東省開展金融業務的可能性，而在北京建立了辦事處，正式揭開了韓國金融機構進入中國市場的帷幕。在此之後，隨著中國經濟的高速發展，市場潛力的不斷擴大，各家韓國金融機構也紛紛登陸中國。

到目前爲止，已經進入中國本土的韓國銀行有國民銀行、進出口銀行、新韓銀行、外換銀行、Woori銀行、第一銀行、朝興銀行、中小企業銀行和HANA銀行等共十一家銀行。最先進入中國市場的韓國產業銀行，不但在北京建有辦事處，還在上海增設了分行。而第二家進入中國的則是進出口銀行，僅在北京建有一家辦事處。外換銀行隨著一九九三年在天津建立分行之後，又於一九九五年在大連、一九九六年在北京相繼開設了分行，是在中國擁有分行數最多的韓國銀行。Woori銀行分別於一九九五年和二〇〇三年在上海和北京開設了分行。

在證券公司方面，大宇證券最先進入中國市場，於一九九五年在上海建立辦事處。而LG證券於一九九六年、現代證券於一九九八年也分別在上海開設了辦事處。在保險公司方面，隨著一九九五年三星火災和三星生命首先在北京建立起辦事處之後，第一火災、LG火災、大韓財產保險、現代海上等韓國諸多大型保險公司，也相繼在北京和遼寧省瀋陽等地建立起了辦事處。

上海擁有的金融都市魅力

「外國金融機構進入中國的條件比較苛刻。由於中國政府不僅考慮資產規模，而且還考慮資產的品質，因此今後準備進入中國的金融機構一定要特別注意。」HANA銀行上海分行行長高光重強調說：「想要開拓中國市場，快速的進入固然重要，但首先必須維持符合中國政府規定的資產規模與資產品質。」他還補充：「中國政府對猶太人的資本具有排斥傾向，因此韓國金融機構應該能夠具有充分的競爭力。」

高光重行長還說：「爲了配合證券等在中國金融市場的開放，HANA銀行本著基礎建設的宗旨，在上海開設了分行。」他還表示，現在香港的國際金融都市地位已經開始弱化，而上海在亞洲的金融地位卻大幅上升。這與上海市政府，乃至中國中央政府，在香港和上海兩者之間，更希望將上海打造成國際金融都市的積極態度有著直接關係。

他還介紹，曾是上海最大弱點的深水港問題，現在也正在開發建設當中，這也爲上海成爲國際金融都市發揮促進作用。上海市政府正在積極進行一項充滿野心的計劃，到二〇二〇年爲止，在上海附近的杭州，新建一座九千萬坪的海港碼頭，使金融、物流等所有部門的基礎設施達到完備。

「在韓國流行著『中國的主題股一定升値』的說法。正因如此，我們必須進入中國市場。企業和金融機會正如針與線的關係一樣。並且，在中國政府和上海市政府積極扶植金融部門的背景下，企業運作也不會遇到什麼困難，這也可以說是上海的另一種魅力。」

高光重行長還說：「上海公務員爲了吸引外資，經常上門來與我們洽談，從中能夠看出他們對工作的執著和熱情」，「各方面的良好現象預示著上海美好的未來」。當然，即便如此，在短時間內上海仍然很難超越香港。「但是上海已經具備了超越香港的潛力。」他補充道。

「到目前爲止，金融基礎的薄弱仍然暴露出許多問題。例如線上交易就存在著無法順利完成的弱點。如果發生一次錯誤，恢復原狀需要近一個月的時間。並且，隨著能源消費的不斷增加，電力缺乏的問題也將成爲限制上海市發展的重要因素。」他還說，正因如此，HANA分行現在只爲一部分工廠進行限制性的匯款業務。而只有快速克服這些弱點，上海才有可能成長爲國際金融都市。

八・各自爲政的兩個政府

力量擴大的地方政府：「中央政府，不要干涉！」

由於中國地方政府的地區利己主義，中央政府的政策得不到有效實施。在改革開放以前，中國強力的中央集權制，使得中央政府的政策能夠被地方政府順利執行。可是在改革開放之後，爲了發展經濟，中央政府將許多政策決定權下放給地方政府，擴大了地方政府的自治程度。原本只不過是中央政府「代理人」角色的地方政府，變成爲自身利益而行動的經濟主體，同時也擁有了抵抗中央政府下達的與本地區利益相左政策的力量。中央政府與地方政府的衝突，已經成爲改革開放之後中國的一大重要問題，最近與經濟過熱一同成爲燙手山芋。

日益膨脹的地方政府權限與作用

在改革開放之前，地方政府的獨立性和自治性還僅在中央統一性政策執行的範圍內得到認可。可是，選擇了改革開放道路的鄧小平，在強調「爲了中國的經濟發展，將權力下放給地方政府，在中央和地方之間建立起正確、合理的關係」的同時，實施了權力下放政策。

首先，中央政府將立法權下放給地方政府，並且同意地方政府擁有一定範圍的外國人投資許可權和外資利用權，爲了提高地方的財政自主程度，還實施了財政改革。同時，將從前由中央政府保有的對企業和市場的支配權，也下放給地方政府。

地方政府的權力擴張，提高了地方的自治程度和主動性，促進了經濟的成長。並且，在將地方的經濟成長視爲地方管理業務實績的人事體制下，地方政府領導人爲了發展地區經濟，使出了渾身解數。其結果就是地方政府成爲中國經濟高速成長的主力軍。經由固定資產投資統計，我們可以看到改革開放以後中央和地方的作用。實施改革開放之初，地方政府管理的固定資產投資項目的比重僅爲四十八％，而到了二〇〇三年已經擴大到了八十五％。反之，中央政府的比重則由五十二％大幅度降至十五％。

經濟過熱的主犯——地方政府

在過去十年間，以年均九%的經濟成長率高速持續發展的中國經濟，已經露出了過熱的跡象。中國政府已經於二〇〇三年十一月，對於鋼鐵、鋅、水泥等三個過熱的部門，向地方政府下達了禁止投資的指示，並表示將對政策的實施成效進行審查。這也是中央政府常用的「宏觀調控」方法。

中央、地方固定資產投資比重

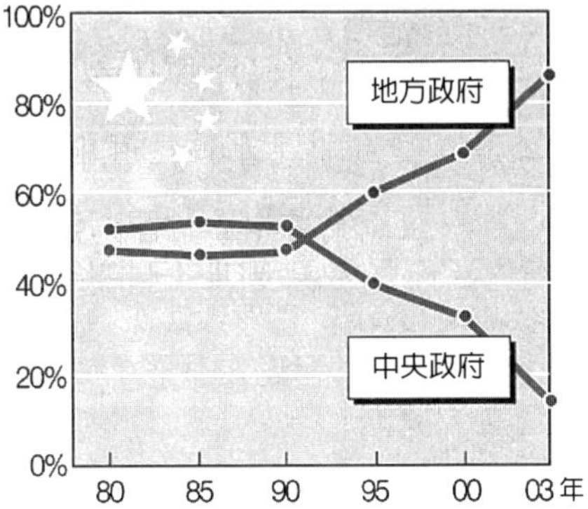

可是，二〇〇四年第一季對鋼鐵、水泥部門的固定投資，竟然比前一年同期分別增長了一〇七．二%和一〇一．四%，這個結果與中央政府所下達的指令完全相反。二〇〇四年三月十四日，第十屆全國人民代表大會第二次會議上，溫家寶總理強調：「中國的經濟過熱現象與二〇〇三年的SARS問題一樣嚴重。」並且在四月二十八日召開的國務院常務會議上，對於公開違背中央政府政策的江蘇省鋼鐵有限公司，做出了解散公司、對有關人員追究責任的處罰決定。同時，中國人民銀行將鋼鐵、鋅、水泥、汽車以及房地產等五個部門，指定爲經濟過熱部門，發布了限制貸款的指示。對於地方政府抵抗中央政府政策的行爲，中央政府不再置之不理。

各自為政的兩個政府

對於中央政府快速而強硬的措施，地方政府的不滿之聲越來越高。社會科學院的胡鞍鋼教授說：「對於高速的經濟成長，正持續良好發展趨勢的沿海地區所持的立場是『趁著市場形勢好的時候，應該擴大投資』。而相反地，那些至今爲止受到差別待遇的、沒有得到過投資的內陸地區，所持的立場卻是『即便是從現在開始，也應該對我們進行投資』。」他簡明地分析了地方的氛圍。地方政府的這種不滿，正成爲中央政府政策執行的絆腳石。地方政府對外口口聲聲說會遵守中央政府的政策，可是在沒有人的地方，爲了自身的利益，消極或直接抵抗著中央政府的政策。

從二〇〇四年一月到七月，中央政府的固定資產投資增加率與前年相比，僅上升了五％。而地方政府的固定資產投資卻如往年一樣，上升了近四〇％。中央政府爲了使經濟過熱現象降溫，正在大力踩煞車，可是地方政府卻憑恃著經濟發展的理由，依然重踩油門。

建立合理的分權體制

中國社會科學院經濟政治研究所的莊貴陽博士指出：「宏觀調控的成功與否，完全決定於中央政府怎樣管制地方政府的利己性行爲。」

中央政府的頭疼之處在於，雖然可以爲了管制地方政府的割據主義而採取強硬的措施，但是不知道過度的緊縮政策是否會使經濟硬著陸。許多專家指出，也許現在的過熱經濟可以實現軟著陸，但是在與目前相同的中央政府和地方政府制度下，將來仍然可能反覆發生同樣的問題。爲了安定的政治局面，強力的中央集權制固然重要，但會使經濟營運變得越來越艱難。雖然地方政府的權力擴大，會提高經濟效率，但是中央政府的政策執行卻將變得越來越困難。

由於分權政策引發的不均衡面臨嚴重失調局面

地方分權政策雖然帶來了經濟的高速成長，但同時也帶來了不少問題。按照鄧小平提出的「先富論」，從沿海地區開始的階梯式分權政策，導致了沿海和內陸的不均衡地區發展，西部的落後地區和上海的人均收入差距達到了八倍以上。

被稱爲「諸侯經濟」的地區利己主義，已經成爲最大毒瘤。在分權政策下，得到國營企業管理權的地方政府，即使對於落後的產業也設置起一道道有形、無形的牆壁，藉以保護地方企業。並且，不考慮地區間的相對優勢，而將所有能夠帶來巨大經濟效益的產業指定爲特殊產業，並投入大量資源。以汽車行業爲例，在三十一家汽車公司中，有二十四家被地方政府指定爲「未來的希望產業」。

在地方政府的政策執行過程中，地區利己主義正方興未艾。對於與自身利益相衝突的中央政策，地方政府常常使用巧妙的方法，使中央政策變得無效化。這種現象通常也被稱爲「上有政策，下有對策」。地方政府的這種對策不僅違反了種種「法規和中央政府的指示」，而且與腐敗相關聯，侵蝕著中國經濟建設的成果。

最近發生的「鐵本事件」，就是在於地方政府爲了自身利益而直接抵抗中央規定的代表性案例。江蘇鐵本鋼鐵有限公司於二〇〇二年開始計劃促進八百四十萬噸級的大型專案。可是由於中央頒布的鋼鐵產業規定，這個專案無法取得中央政府的許可。因此，鐵本公司於二〇〇三年五月，將其分爲四個小專案，得到了地方政府的許可，並通過了投資審查。同時，爲了避開中央政府的土地使用許可，又將一個大專案分爲十四個小專案，以得到地方政府的許可。爲了解體資本金的問題，還在中國銀行等六個銀行的地區分行成功獲得貸款。這所有的巧妙違法作爲，如果沒有地方政府的幫助，根本無法完成。

地方管理已經變成「透過國內總產值成長，提高自身業務成功。銀行向地方政府承認的安全產業發放貸款，企業不需要經過中央繁瑣的審核程序，而直接從地方政府獲得許可」。這個事件的實質性責任在於擁有所有核准權的地方政府，這也成爲中國行政結構的致命性問題。

九·中國投資的危險因素

畸形的中國依存經濟與貿易紛爭乃當面課題

二〇〇四年上半期，溫家寶總理在關於經濟緊縮的記者招待會上的發言，使全世界經濟受到了巨大的衝擊。大家曾經將美國聯邦儲備委員會主席葛林斯潘的一句話影響世界經濟的現象稱爲「葛林斯潘效應」，但是現在「中國效應」也開始成爲世界經濟的重要變數。

一九九三年以後，在中國享有特殊待遇的韓國，累積盈餘達五百零三億美元，勢將受到比任何國家都大的衝擊。中國不僅是韓國最大的出口市場（從二〇〇三年開始），而且還是最大的投資對象國（從二〇〇二年開始），這也充分說明韓國對中國的依存度正在不斷升高。現在，在充分利用中國市場的機會和受到中國產業所帶來的威脅之後，對中國的依存度越來越高的韓國，應該開始將注意力轉向「中國危險」。

尤其中國是體制轉換和經濟發展同時進行的國家，制度和社會變化的可能性相對較大。

各時期別中國風險

	短期	中期（2006年8月～）	長期（2008年8月～）
正面	東北三省國有企業民營化	國有企業民營化正式實施	中國資本市場開放
中立（兩面）	人民幣匯率變化	東亞自由貿易協定，胡錦濤第二期執政開始	共產黨體制變化，中、美關係變化，北韓改革開放
負面	調漲利息，貿易紛爭，原料價格上升，SARS爆發	發生金融危機，攻擊性產業政策 起於中國的產業空洞化憂慮	原料、能源不足，財政困難，社會不安，局部地區需要，台灣問題

並且，對於外部衝擊的波及路徑，在市場經驗沒有得到充分累積的狀態下，很難期待合理的政策效果，屬於一種「橄欖球經濟」。

中國風險管理的核心，是對隱藏在中國經濟下的多種不確定性和變數，在發生的可能時期和發生的可能性進行「先輕後重」的處理，正確具體地認清風險的實體。二○○四年上半年，對於中國風險，韓國市場出現了過度敏感的反應，這也是韓國對中國風險認識仍然沒有達到體系化的最好證明。因爲韓國曾經對於中國政府的暫時性緊縮政策、金融危機的可能性，乃至共產黨體制的危機等，所有不確定因素產生懷疑，以至於陷入由不信任而引起的「精神失常」狀態。

短期風險

首先，已經發生或是在今後一至三年內可能發生的短期性風險，可以歸納爲銀行利息的上升、貿易糾紛激化、人民幣匯率變化、能源和原材料價格的不穩定等。其中，對於中國是否會將銀行利息提高〇・二五%至〇・五%的可能性，在最近的緊縮政策延長線上已經得到持續的論證。利息上調可能會使中國的消費和投資得到全盤性的萎縮效應，因此也會給韓國的對中國出口帶來不小的衝擊。

可是，在最近經濟緊縮政策的成功實施下，銀行利息上調的可能性不太大。現在最有可能發生的危險，反而是中、韓兩國貿易糾紛的激化。韓國在中國連續十年維持貿易收支盈餘（二〇〇三年對中盈餘爲一百三十二億美元）。除了台灣之外，韓國是對中國貿易盈餘最多的國家。可是這期間，中國年均超過兩百億美元的貿易收支盈餘，在二〇〇四年上半年，卻出現六十二億美元的赤字。如果中國的貿易收支持續惡化，中國在與韓國的通商糾紛中，很可能採取極其強硬的手段。

從一九九七年到二〇〇四年五月爲止，中國一共推出了三十項反傾銷規定，其中二十二項是以韓國企業爲對象裁定的。在二〇〇一年和二〇〇二年的大蒜糾紛中，正如人們親眼目睹的一樣，與中國頻繁的貿易糾紛，將對韓國企業造成巨大的危險。

有關提高人民幣匯率的問題，在出口企業的價格競爭力方面雖然對韓國有利，但是也會對在中國投資企業造成出口環境惡化的後果。另外，在最近中央政府極力促進的開發東北三省的背景下，在該地區國有企業的民營化等改革措施的突然執行之前，爲了搶得先機，應該做好挑選優良企業加以購買等事前準備。

中期風險

在今後三至五年內，發生可能性較高的中期風險，可以歸納爲金融不良的表面化、東北亞自由貿易區簽署意向的突變和胡錦濤的第二期執政等。

根據中國人民銀行的統計資料顯示，中國銀行部門累積的不良債務，在過去數年間不斷持續下降，到二〇〇三年末，已經降低爲總貸款的十五．二%。可是，據標準普爾表示，實際規模可能是這個數値的兩倍。事實上，和金融不良債務本身相比，更讓人擔心的是它是否會形成金融危機，這才是問題的核心所在。這裡主要由國有企業的經營狀態、房地產行業的不振、資本國際化的程度、銀行民營化、政府的財政能力等幾個變化因素所決定。在不良規模不斷呈縮小趨勢的現在，我們還無法斷定中國引發金融危機的可能性是否存在。

可是，萬一由於中國的經濟緊縮，而使得在數年間不斷縮小的不良債務規模突然增長，在心理衝擊之下，很有可能發展到金融危機的局面。在中國爆發金融危機的情況下，不僅中國市場將爲之萎縮，受到危機的波及，東亞地區也將全面陷入金融混亂當中。

在近來與東亞頻繁的自由貿易協定商議中，中國表現出的攻擊性態度，也給韓國帶來不小的風險。最近在東亞地區，中國、日本、乃至美國也參與的東亞地區的各種自由貿易協定商議，事實上是二〇〇二年時，由中國前總理朱鎔基提出的自由貿易協定提案而觸發的。當時，中國對於東亞各國首先提出了降低農產品關稅的大幅讓步意見，其結果使得原本可說是日本「囊中」市場的東亞地區開始向中國靠攏。在未來更加緊迫的地域自由貿易協定協定當中，韓國會佔據什麼樣的位置？這也是對韓國經濟的挑戰。

另一方面，中國的主要公職實行的是五年任期制。到了二〇〇七年末，以胡錦濤爲首的現任中國國家領導人將決定是否連任。因此，中國的主要經濟政策也與二〇〇七年領導人的連任問題緊密相關。所以，隨著政府日程而強行實施的成長政策，將在二〇〇七年以後，特別是二〇〇八年北京奧運會之後，很有可能使中國陷入急遽的經濟不振。

另外，中國對特定產業積極培養的政策，也將對韓國形成巨大的威脅。如果中國政府在韓國的主要產業——汽車、資訊科技、鋼鐵、造船、石油化工等領域，也實施積極的投資政策的話，很有可能導致世界性設備過剩的問題，使韓國經濟受到不小的衝擊。

長期風險

從長期的角度來看，中國可能引發的風險可以被歸納爲，由中國經濟高速成長引發的世界性能源和原材料的短缺、由中國社會的複雜化引發的共產黨一黨制的變化、由經濟地位變化引發的中美關係的重新盤整、中國對於北韓變化過程的態度和干涉可能性、台灣問題的解決方式、中國的社會不安和局部地區需要等問題。

其中，對於最近中、美兩國關係變化的可能性，許多人都抱著極大的關注。這個問題也與韓國在中、美兩國之間應該採取怎樣的態度有著直接的關係。最近，根據美商高盛公司預測，到二〇四一年，中國的經濟規模將超過美國，成爲世界第一。因此，也有人認爲如同過去美國與蘇聯對立的局面一樣，中國與美國也將進入對立時代。

可是，美國和中國都實行市場經濟體制，兩國相互之間也是非常重要的經濟夥伴。因此，長期看來，就美國與中國敵對的可能性而言，研判兩國結成戰略夥伴的可能性更大。那麼，將來韓國就需要在美國和中國之間調整好距離，在這個複雜的局勢中，找到符合本國利益的最佳位置。

十・軍隊現代化的作爲

十三年間的軍事科技發展，資訊戰力的強化

以中國經濟的高速成長爲基礎，中國的軍隊建設也逐漸加快腳步，同時也引起國際間的關注。中國軍隊建設的進步也給周邊國家帶來緊張感，最近，台灣的「國防報告書」指出，隨著中國國防預算的增加和軍隊現代化建設的加速，人民解放軍無論從質還是量上都保有絕對的優勢，這給台灣的安全帶來了嚴重的威脅。

在美國國防部向議會提交的《中國軍力報告》上強調，中國的國防預算大幅增加和先進武器的大量投入等強化軍事力的舉動，不僅使台灣海峽受到嚴重威脅，而且還對亞洲國家和美國派駐在亞太地區的軍隊造成了隱憂。日本的《防衛白皮書》也暗示中國的威脅。最近中國備受指責的主要軍事動向，有先行攻擊理念的選擇、短程彈道飛彈（SRBM）的擴充、海空軍尖端武器的獲得與配置，以及監控與偵察能力的強化等。

一般而言，一個國家的軍事意志與能力主要是由軍事理念呈現。軍事理念定義了未來戰爭的面貌，也爲戰爭準備提供指導方針，包含著軍事路線或軍事政策，軍事政策又包含著軍力結構和軍事戰略。

中國的軍事理念經過了階段性的進化過程。其第一次進化是在一九七〇年代末期，隨著對傳統軍事理念的廣泛評價的展開，爲了回應戰爭面貌的發展趨勢，毛澤東「誘敵深入」的人民戰爭概念，被現代條件下的「盡量在國境或國境以外擊退敵人」的人民戰爭理念所取代。第二次進化是在一九八〇年代中期之後，隨著中國對國家安全與威脅的認識變化，現代條件下的有限戰爭，即「局部地區有限戰爭」理念應運而生。原來的「早打，大打，打核戰爭」的臨戰態勢，已經轉變爲和平時期的軍隊建設和國境周邊的局部地區武力衝突的勝利。

有限戰爭理念是建立在要求軍事力量能夠得到迅速使用、強度相對較低、且短期性局部地區衝突廣泛發生在中國國境和周邊地區的假設基礎上。在中國假設的有限戰爭中，包括以邊境和海域的局部地區武力衝突爲首，空中突襲和有限的領土侵空防守，以及爲了保衛主權和消除威脅的懲戒性攻擊等。雖然未來戰爭的模式必然是有限的，但是仍然強調對全面戰爭和核子戰爭進行廣泛的防禦。在對全面戰爭和核子戰爭進行廣泛防禦的同時，自然而然地也將完成對局部地區有限戰爭的防禦體系。

在有限戰爭和局部地區戰爭被公認爲是時代性趨勢的背景下，中國的軍事理念也引進了具有攻擊因素的積極防禦概念。積極防禦與「誘敵深入」以及「持久戰」概念完全相反，要求為了在國境或國境以外擊退敵人，力求進行包括突襲等在內的攻擊性作戰，以達到武力威脅。特別是在與綜合國力的盛衰有著直接聯繫的國家安全問題上，引進了「戰略邊疆」概念，使得海洋和宇宙也獲致關注。

另外，中國為了回應現代戰爭的作戰要求，而著手進行軍力結構的改編。早在鄧小平時代，就指出了人民解放軍的「腫、散、驕、奢、惰」，並提出了正規化軍隊建設的計劃。即在一九八〇年代的百萬裁軍和一九九〇年代的五十萬裁軍之後，中央還計劃於二〇〇五年再裁減二十萬軍隊。為了滿足根據地形和敵情差異的多種作戰要求，在「戰區戰略」的概念下，以首都周圍的戰略防禦為重點，設立了北部、東南部、西南部等三個全方位戰略防禦體系。並且為了改善機動和火力的立體性，還創建了集團軍。另外，為了防禦突發性和局部性的低強度衝突，還促進迅速配置能力的強化和迅速反應部隊的發展。

中國軍事理念的最近一次進化，是以一九九〇年初發生的波斯灣戰爭為契機。即「現代條件下的有限戰爭」的既存軍事理念，在更加強調現代戰爭中武器與技術的作用之下，被「高科技條件下的有限戰爭」理念所代替。一九九一年的波斯灣戰爭，深深刺激了渴望擁有現代化軍需基地和尖端武器的「科學技術軍隊」的人民解放軍，一九九三年，前國家主席江澤民制定了「新時期戰略方針」，並強調軍事戰略思想的重點，應該由「一般條件下的戰爭

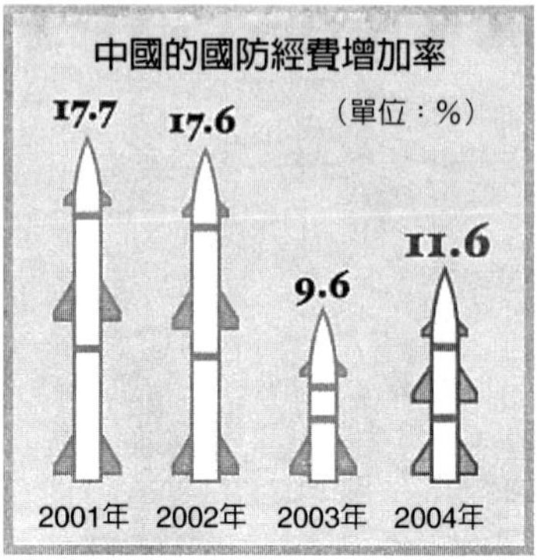

防禦」，轉向「現代技術，特別是高科技條件下的局部戰爭勝利」。

兩千年，江澤民再次強調：「資訊化可以大幅增強軍隊戰鬥力……在進行軍隊機械化建設的同時，也要強化資訊化的建設，透過資訊化推動機械化的建設，爭取使人民解放軍現代化建設得到跳躍式的發展。」二〇〇二年，在第十六屆全國黨代表會議中，江澤民主席再次闡明：「中國的國防和軍隊建設要符合世界新軍事革新的趨勢。」此時，「軍事革新」這個辭彙第一次由中央領導階層使用。另外，二〇〇三年三月，江澤民主席又強調：「必須積極推進具有中國特色的軍事革新。」

伊拉克戰爭甫結束的二〇〇三年五月，胡錦濤主席在以「世界軍事革新的發展態勢」為主題的黨內學習活動中，再次使用了「跳躍式發展」這個辭彙。他強調「在國家經濟發展和科學技術進步的基礎上，實現國防和軍隊現代化的跳躍式發展」。「與先進國家相比，中國的軍事革新擁有一定的特殊性。先進國家通常在軍事革新之前，已經完成了軍隊機械化的建設，而中國在還未完成這個階段建設的狀態下，就直接處於資訊化建設的過渡期。」與先進國家在技術上的時間差距，已經不再允許中國進行常規性的思考和行動。最終，在第十六屆黨代表大會上，提出了以具有中國特色的軍事革新規定的現代化的跳躍式發展要求。

事實上，改革開放以來，在「科技強軍」的戰略下，中國軍隊的武器裝備水準已經提高了一大截。新技術成果也被運用到武器開發上，大大提高了新型武器的研究開發及實戰配置能力。

中國軍隊擁有能夠殲滅敵軍的先進作戰手段，不但使自身的現代戰爭能力得到提高，還確立「高科技局部戰爭」勝利所需要的物質和技術方面的基礎。陸軍在完成立體機動作戰的裝備體系和相對完善的支援保障體系建設的同時，還構築了聯合作戰的基礎。海軍在完成海上機動作戰、基地防禦作戰和海底核子反擊作戰武器體系建設的同時，還增強了海上機動艦隊的防空、反潛、反航空母艦和電子戰的能力。空軍在完成轟炸機、殲擊機和運輸機等配合作戰裝備體系建設的同時，還構築了高、中、低和遠、中、近配合的地面防空體系和地面雷達網。第二炮兵（戰略飛彈部隊）在完成近、中、遠程發射距離和核子、常規式作戰體系建設的同時，還擁有獨立或協同的核子反擊與常規式打擊能力。隨著電子資訊裝備的數位化、綜合化、一體化和反干擾能力的強化，電子戰和資訊戰的能力也大幅提高。

中國長期的國防現代化目標是，經由技術軍隊和軍事革新的繼續強調，加快其建設步伐。中國會透過軍事革新，使現代戰爭的概念更快地融入到軍事理念當中，在中國經濟的高速發展背景下，將有更多的資源會被配置到軍事建設上。

過去二十年間的中國軍隊，在武器和裝備現代化建設的過程中，國防支出始終保持著相對較低的水準。二〇〇一年、二〇〇二年和二〇〇三年的國防預算，分別比前一年提高了十七・七%、十七・六%和九・六%。二〇〇四年三月，中國宣布二〇〇四年的國防支出將比前一年增加十一・六%，總支出額達兩百一十八・三億美元。

可是，中國的國防預算在國內總產值所佔的比重仍然僅在二%上下浮動。這比世界平均值的二・五%還要低，與美國的四千八百八十七億美元和日本的四百二十二億美元相比，仍然有著相當大的差距。在當前和平的國際環境中，中國在達到富國強兵的願望下，還迅速縮小被預測爲二十年左右與西方先進國家之間的技術性差距。這也引起了周邊國家更加敏銳的關注。

十一・共產黨體制的未來

創黨八十三年來的最大危機——「主體性喪失」

「由於體制的結構性矛盾、黨政腐敗，以及貧富差距等政治、經濟、社會問題，中國的共產黨體制必將走向滅亡。留給中國共產黨的時間只剩下五年。」美籍華人章家敦（Gordon G.Chang）在其著書《中國即將崩潰》（*The Coming Collapse of China*）中，寫下了這樣的預言。章家敦的預言是否會變為現實，現在看來還很不確定。不過，可以肯定的一點卻是，改革開放二十五年後的今天，共產黨陷入了前所未有的危機當中。

黨亡，則國家亡

二〇〇四年九月十九日，當選為新一屆中央軍事委員會主席、掌握了黨政軍的胡錦濤總書記，在第十六屆中央委員會全體會議上，將「強化共產黨執政能力」指定爲最需要緊迫解決的主題，從另一個角度說明了共產黨所處的危機處境。中國的智庫——社會科學院政治研究所的王一程所長強調：「所有的黨員必須以『黨亡則國亡』的覺悟，以身作則，爭取盡快恢復老百姓對黨的信任。」這句話聽起來甚至讓人感到一絲悲壯。

中國共產黨創建於一九二一年，不但擁有八十三年的歷史，還擁有六千五百萬名的黨員，是世界上最大的、歷史最長的執政黨。可是，在飛速變化的世界潮流當中，中國共產黨直接面對的最大難關，就是黨的本質性問題。在毛澤東的「革命論」之後，鄧小平又提出了「先富論」，使中國得以在社會主義市場經濟論的指導下，迅速轉變成市場經濟。最終，隨著「三個代表論」的推出，「紅色資本家」也被接受爲黨的成員。

積極尋找突破口的共產黨

社會主義理念的混沌主要集中在中國最大的問題——三農問題（農村、農業、農民）上。在對沿海、城市率先進行開發的戰略下，農民的利益被犧牲、農村不斷衰退、農民們大量湧進城市、城市人口的失業擴散、貧富差距不斷擴大等惡性循環，成爲無法根治的「惡性病毒」。以勞動者、農民爲中國根本的共產黨已經開始不斷解體，甚至已經看不到社會主義理念的存在。中國知識分子常說：「雖然在鄧小平的酒瓶中裝入江澤民的葡萄酒，但是卻引起了快速的化學反應。」

以胡錦濤爲首的第四代領導人，在二〇〇四的第十六屆四中全會上，爲了加強集權能力，提出了「以民爲本」的口號，以尋找突破口。這期間，第四代領導人將持續施行的親民政策，轉爲更加具體的「得民心者得天下」的新集權理念。

唯有改革才是活路

中國共產黨經由政治、經濟、社會等廣泛的改革活動，在確保中國人民支持的同時，還以多種階層共同存在的方式，積極擴大共產黨支持群體的規模。在理念後退而導

中國的權力機構

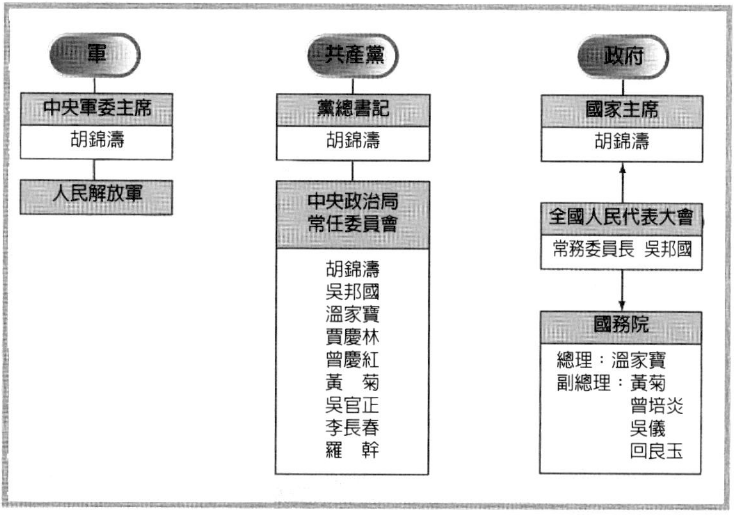

致失去向心力的情況下，以中華民族主義來團結十三億人口的新型結構，也與共產黨的存活有著很密切的關係。

共產黨內部預測，國內生產總值如果持續以八%至九%的增長率成長，到二〇一五至二〇二〇年間，人均國內生產總值將達到兩千五百至三千美元。正如在改革開放僅十年就發生了要求實行民主化的天安門事件一樣，爲了防止要求實行民主化的「三千美元併發症」的爆發，現在正在進行深入的研究。可是，對於中國共產黨的改革方針，《紐約時報》等西方輿論認爲，這「不過是在一黨體制內導入透明性和競爭力的努力而已」，並認爲其強度也只不過是「茶杯中的風暴」。章家敦也在其著書中寫道：「絕對的權力導致絕對的腐敗。」「沒有自身淨化能力的共產黨，事實上不可能擁有永久性的執政權力。」

積極擴大外緣，並全力克服危機

但是，可供中國共產黨選擇的幅度並不寬廣。社會科學院經濟政治研究所王逸舟副所長分析道：「曾經推行過多黨制等廣泛的政治改革的舊蘇聯，最終沒有逃脫崩潰的命運，這使得中國指導層內部對多黨制持否定性認識。」所剩的選擇，只有共產黨一邊謀求長期的執政權，一邊進行經濟發展的方式。爲此，如何以廣泛的改革來贏得人民對黨的更廣泛的支持，則成爲最優先需要解決的課題。

因此，二〇〇四年三月舉行的第十六屆全國人民代表大會中，明文規定私有財產將獲得保護，對於「紅色資本家」的入黨也得到了公開承認。不僅如此，連民間企業的經營者和外資企業的管理層，都不斷被吸入中國共產黨，表現出其全方位的努力。這也顯示出共產黨要把在國內生產總值中佔半數的私營經濟作爲經濟成長的發動機的構想。

共產黨的外緣擴大不只停留在「紅色資本家」身上，還不斷吸收著非政府機構（NGO）和社會團體等「公民社會」，以強化管理。公民社會作爲與中國的市場經濟的導入一同發展起來的民間團體，包含著非政府機構、義工團體、協會、各種地區團體等。

同時，共產黨爲了消除被稱爲亡國病的腐敗現象，而投入了強勁的「病毒疫苗」。二〇〇四年二月，中國共產黨制定了一百七十八項的「紀律處分條例」，嚴禁黨員出入賭場和紅燈區，而從黨內權力核心——政治局委員直到胡錦濤總書記本人，也都被包括在腐敗監視對象當中。

繼毛澤東將馬克思、列寧主義中國化之後，鄧小平又使中國走向了市場經濟。而如今，在第四代領導人的共產黨體制下，社會主義市場經濟將會發生怎樣的變化與發展，正被世人所關注。

貧富差距、腐敗等問題對共產黨的挑戰

訪談：王一程（中國社會科學院政治研究所所長）

「對於日漸嚴重的東西部差異和貧富差距，以及黨政腐敗現象等各種政治、經濟、社會問題，中國共產黨將以執政黨的地位爲賭注，一定將這些問題圓滿地解決。」中國共產黨的智庫——中國社會科學院政治研究所王一程所長，是中國共產黨研究方面的代表性權威學者。著有《共產黨宣言以後世界政治的重大變化》、《政治文明的理性思考》、《黨的先進性研究》等多本具有影響力的書。他強調共產黨將以必勝的信念，克服眼前這場挑戰。

在二十一世紀急速變化的政治局勢當中，中國共產黨也面臨著變化……

「蘇聯的崩潰、冷戰的瓦解，以及全世界市場的單一化等全球化趨勢，對於仍處於發展中國家的中國，在政治和文化方面給予了很大的衝擊。改革開放以後，面對複雜的局勢，共產黨首先要解決的課題，就是政治與文化所帶來的副作用。中國共產黨爲了迎合政治改革的要求，進行制度改革，雖然面對許多挑戰，但無論在怎麼不利的情況下，我們都充滿著信心。」

這麼有自信的理由是？

「看到現實就會明白，共產黨已經在經濟、社會的發展上取得了重大成就，使人民的生活水準大幅提高。共產黨清楚地看到目前存在的多種問題，並爲解決這些問題從事積極、細緻的準備。共產黨擁有著『無法解決這些問題，中國就會崩潰』的覺悟。」

人均生產總值達到三千美元之後，對於民主化的要求也將變得更加強烈……

「中國共產黨對於各個時代的理念與價值觀的不斷變化，和中國整體的社會問題、腐敗問題以及貧富差距等問題，有著清醒的認識。如果無法解決這些問題，共產黨也將無法存在。共產黨以交出執政權的意志和覺悟，一定會解決好這些問題。面對新的情況，如果拿不出有效的、適當的解決方案，共產黨也就失去了存在的意義。這一點，所有人民大眾都非常清楚。」

是否已經擁有了具體的政策方案？

「十六屆全國人民代表大會之後，以胡錦濤總書記爲中心，對於農民和城市貧困階層推出了新的政策，並得到顯著的效果。以弱者爲優先的社會保障政策也得到貧困階層的廣泛支持，提高了共產黨的執政能力。」

共產黨的統治方法是？

「中國共產黨採取的是在韓國或資本主義中根本不存在的『領導黨』統治制度。當國務院等行政部門下達重要決定的時候，首先將經過黨、政間的事前協商。共產黨中央政治局抓大方向，而詳細的事項，則由擁有專家的國務院組織進行決定，使共產黨的意志得到貫徹。」

十二・少數民族同化政策

五十五個少數民族，「沒有特殊的優待與差別」

一九七八年實施改革開放政策後，高速向漢族同化

在由五十六個民族構成的中國，漢族人口佔九十一．六%，而其他所有少數民族的總人口才僅超過一億。一九四九年中華人民共和國宣布成立以後，中國實施的少數民族優待政策，雖然最終爲少數民族地區的經濟和文化帶來巨大發展，同時也產生了少數民族在管理上的差別。一九七八年，隨著改革開放的順利進行，東部地區經濟發展的衝擊，使少數民族以飛快的速度發生同化，與過去不同，在沒有戰爭的狀態下，現在正形成「Pax中華民族」。

現在，對於少數民族既沒有特殊優待，也沒有差別待遇。在中國，包括漢族在內，共有

中國國內少數民族現況 （單位：萬名）

	壯族	滿族	回族	苗族	維吾爾族	彝族	蒙族	藏族	朝鮮族
人口數	1,618	1,068	982	894	840	776	581	541	192
佔有率	15.5%	10.2%	9.4%	8.5%	8.0%	7.4%	5.6%	5.2%	1.84%

※ 資料出處：中國2000年人口調查資料

五十六個民族。雖然被分類爲少數民族，但壯族的人口仍達到一千六百萬，而朝鮮族人口也達到了一百九十萬。對於主體民族——漢族而言，如何與其他五十五個少數民族達到共同發展，是歷史的使命。因此一九四九年，中華人民共和國政府成立之後，中國政府對於少數民族設立了五個自治區、三十個自治州、一百二十一個自治縣，積極地實施著優惠政策。例如，對於少數民族地區的財政支援、極低的貸款利息、允許生育兩名子女、宗教信仰的自由保障等等。另外，還在法律上規定，在少數民族自治地區，公文可以使用少數民族文字撰寫。隨著少數民族優待政策的實施，中國政府加強了多民族的平等與和平發展。可是，其中也包含著消除少數民族對漢族的不滿情緒的意圖，和將少數民族與漢族地區分開來進行單獨管理的必要性。在這種優待政策下，也產生了漢族幫助少數民族的不爲人所看見的差別。

從歷史上看，少數民族無論在文化還是在生活習慣等方面，都與漢族有著巨大的差異。即使在秦始皇最初統一中國的時候，也無法避免與周邊少數民族國家之間的糾紛與戰爭，萬里長城也正是因此而被建造起來的。漢族與少數民族的糾紛原因中，最主要的一點就是經濟發展水準的差異。

雖然過去曾經如此，在現在少數民族密集生活的西北部和西南部地區，相較於東部地區的經濟發展狀況，仍存在很大的差距。例如，二〇〇三年上海的人均生產總値，竟然達到廣西壯族自治區的七．八倍。

爲了消除由於不均衡的發展而引發的少數民族的不滿，中國政府推出了大型發展計劃──「五十年西部大開發」。如果西部大開發能夠獲得成功，西部與東部的差距就會縮小，對於少數民族地區的特殊優待和差別待遇，也將在歷史舞台上消失。

少數民族正在努力抓住這個改革開放的機會，以使自身的民族得到發展。過去曾被「捆綁」於落後地區的少數民族，現在正不斷地離開原來生活過的土地，進入經濟發達的地區。在廣州、深圳等發達城市中，有許多由西北部和西南部地區南下的少數民族人口，這種現象也帶來了少數民族解體的憂慮。可是，中國社會科學院民族學與人類學研究所所長、蒙古族人郝時遠先生卻認爲，在城市化的過程中，少數民族的移動並不是解體，而是分散過程。在這樣的移動與分散過程中，少數民族如果無法保存自身民族的語言和文化，就必然會被漢族所同化。

改革開放以前，中國的少數民族擁有許多自治權，並積極推動民族社會經濟的發展。可是，在一九七八年進入改革開放時代，隨著市場經濟的發展，少數民族快速地被漢族同化。中國延邊大學東北亞研究院的林金淑教授指出，由於人口的自由移動，少數民族的語言逐漸被主體民族語言所同化，隨著大企業進入西部地區，也將對少數民族的傳統文化產生一定的影響，使少數民族文化的保存工作經歷巨大的困難。因此，市場經濟的發展正促進著民族間的融合。

當一個民族固有的文化和語言都消亡的時候，那麼也自然會被其他的文化和語言所同化。中國延邊大學民族理論研究所的梁玉金（朝鮮族）所長指出，在少數民族同化中，文化和語言的同化速度最快。現在在中國，少數民族的語言已經開始被同化。這也是指越來越多的少數民族父母不把子女送入少數民族學校，而將子女送進漢族學校接受教育的現象。在採訪期間，採訪小組在延吉市遇到的朝鮮族當中，也有大部分人表示將要把子女送入漢族學校。產生這種現象的原因是由於，在中國爲了個人的發展，主體民族語言的重要性大幅增加，而少數民族語言的使用價値與過去相比大幅降低的緣故。在這種語言的同化中，甚至不需要戰爭的介入。可是，梁玉金所長還指出，並非所有的少數民族都很容易地被漢族同化，特別是周邊擁有相同民族國家的蒙古族或朝鮮族，同化很難發生。

今後，隨著中國改革開放的城市化建設的潮流，五十六個民族之間的交流將益發頻繁，少數民族從西至東、從北至南進行移動與分散，最終將被主體民族——漢族同化，這也可以說是必然的趨勢。

另外，也有一些專家認爲，即使留守在少數民族地區的人們，也會在與漢族的交流過程中，不斷吸收其文化，最終走上大融合的道路，重新整理。中國的主體民族——漢族，將以和平的方式達到民族融合，形成一個眞正的Pax中華民族。在這個過程中，少數民族也將成爲中華民族的一部分，給中國帶來平等與和平的發展。

梁玉金所長還展望，少數民族地區在自身的努力和國家的支持，以及周邊同一民族國家的支持下，將在多方面得到快速的發展。中國社會科學院民族學與人類學研究所的郝時遠所長也認爲，在將來十年或二十年後，民族區分將被取消，少數民族只能由血統來守衛自己的民族根基。

朝鮮族在中國是少數民族，在韓國是外國人

從歷史來看，中國的少數民族雖然受到了漢族的文化影響，但仍然擁有自身民族的歷史，並保留文化優點。現在，雖然大多數少數民族的歷史都已編入了中國歷史，但一部分少數民族的歷史卻需要進行縝密的斟酌。特別是在地域上與中國相鄰、擁有同一民族國家的情況下，該少數民族的歷史編撰，會引起國家間的誤解和糾紛。

最近被炒得極爲沸騰的韓國與中國的高句麗歷史糾紛，就是在中國試圖將其編入少數民族歷史的過程中發生的。由於內蒙古自治區的蒙古族歷史，也與蒙古歷史一脈相承，所以兩

個國家在歷史上擁有重疊部分的情況下，更應該仔細編撰。

另外，在周邊擁有同一民族國家的情況時，少數民族通常會經歷「民族本質性」的混沌。可是，國家本質性與民族本質性需要進行妥適的區分。國家與組織的概念相同，而民族則與家族的概念相同；家族的血統雖然無法改變，但正如組織可以改變一樣，國籍也可以改變。

特別是朝鮮族，雖然與韓國人同屬於韓民族，可是現在卻擁有著中國國籍，這一點必須嚴格區分。在韓國是外國人，在中國被分類爲少數民族的朝鮮族，在同時得到朝鮮半島與中國文化的影響下，才形成了今天的社會與文化。經由擁有兩個國家的文化特性的朝鮮族社會，韓國與中國可以在經濟、文化等方面進行更加廣泛的交流。朝鮮族不應該過多依賴於任何一方，利用時代給予的機會，在中、韓交流上發揮積極的作用，以促進本地區的發展。這個地區的發達也正是中國和韓國所共同期望的。

十三・鋼鐵產業的今日與明日

「吞食鋼鐵的四不像」，生產與消費世界第一

「四不像」是高麗末期、朝鮮初期，在韓民族民俗神話中出現的吞食鋼鐵的一種動物。鋼鐵的原料——粗鋼，二〇〇〇年全世界的總生產量達到八億兩千九百萬噸，其中中國的產量佔十五・二%（達一億兩千六百萬噸）。而三年後的二〇〇三年，中國的鋼鐵生產比重已經上升到了二十三・三%。在最近召開的鋼鐵國際會議上，中國的鋼鐵產量佔全世界總產量的四分之一，同時也消費著四分之一的鋼材，因此也被稱爲「四不像」。在最近四年間，平均每年都提升近二〇%的中國鋼鐵產業，在中國加入世界貿易組織的第二年——二〇〇二年，樹立起新的里程碑。

中國鋼鐵產業在一九九六年，粗鋼的生產量首次突破了一億噸。在此之後，直到二〇〇〇年，一直保持了年均一〇・二%的高速成長趨勢。特別是二〇〇二年，中國超越美國，成

中國鋼鐵產業發展現況 （單位：千噸）

	2000	2001	2002	2003	年平均增加率
世界粗鋼生產	829,609	823,934	885,766	945,140	4.4%
中國粗鋼生產	126,316	141,392	181,688	220,115	20.3%
世界的中國比重（%）	15.2%	17.2%	20.5%	23.3%	—
中國鋼材消費	141,220	168,765	211,530	266,497	23.6%
中國鋼材生產	131,460	155,972	192,183	235,815	21.5%
中國鋼材自給度	93.1%	92.4%	90.9%	88.5%	—

資料：世界鋼鐵協會，中國鋼鐵工業協會（2004. 9）

爲世界第一的鋼鐵進口市場，並在生產、貿易、消費部門成爲名副其實的世界第一的鋼鐵市場。中國成長爲世界鋼鐵界的中心國家，意味著將能夠透過生產和進口，左右世界鋼鐵原材料的價格。在煉鋼的原材料——鐵礦石和煤炭（Cokes）等礦物價格方面，也更能產生主導性的影響。

操控鋼鐵產業的手

二〇〇三年，中國的鋼材消費量達兩億六千六百萬噸。按產業類別具體區分，建築五十三・七%、機械十四%、汽車（包括農用車）五・八%、造船一・一%、鐵道一・五%、石油一・五%、家電二・三%、貨櫃〇・九%、其他產業爲十九・二%。因此我們可以知道，中國一半以上的鋼鐵消費在建築上面。二〇〇三年，在包括建築在內的固定資產投資中，總投資額的四十三・四%屬於包括政治在內的國有企業。最終，中國現在與未來的鋼鐵消費，將由中央政府與地方政府的財政所決定。

隨著中國經濟發展引發的鋼鐵需求不足，使中國成爲世界最大的市場。觀察「國內生產總值增長一%的時候，鋼鐵消費量將增長多少？」的鋼鐵消費彈性值，二〇〇二年韓國爲一・一七，而相反地，最近三年間中國卻一直徘徊在二・三左右。因此，胡錦濤等第四代新領導人所制定的到二〇一〇年爲止，年均七%以上的經濟增長率，在鋼鐵產業的角度來看，也就意味著鋼鐵消費將以十六%以上的速度增長。

結構性問題

二〇〇〇年，中國鋼材的自給度達到了九十三・一%，而到了二〇〇三年，則迅速下降至八十八・五%，並不斷持續著下降趨勢。這是因爲熱延薄板、冷延薄板等汽車、家電產業所需要的鋼板形態的鋼材（板材）消費量的大幅增加，而導致進口依存度增加的緣故。二〇〇三年，在中國鋼材生產結構上，一般薄板的自給度不過五十一%，而一般薄板也進口兩千四百二十四萬噸。相反地，建築用鋼材——鋼筋、船材等棒形鋼材已經到了供給過剩的處境，其結果是二〇〇三年一年中，向韓國以及其他亞洲鄰國出口了超過兩百萬噸的棒形鋼材。

中國鋼鐵產業發展的另一塊絆腳石則是煤炭、鐵礦石、水資源等資源的不足，與電力等能源的不足。二〇〇三年，雖然中國的煉鋼用乾燥煤炭的產量為一億七千一百萬噸，比前一年增加二〇．六%，但是中國仍然從主要出口國轉變為主要進口國。鐵礦石的進口量也隨著粗鋼的生產擴大急遽增加，二〇〇一年中國的鐵礦石進口量為九千兩百三十萬噸，而到了二〇〇三年，增長了五十八．一%，達到了一億四千六百萬噸，這也成為世界鐵礦石價格上漲的主要原因。

中國的水資源總量雖然高居世界第四，但是如果從人均保有量計算的話，中國是世界上水資源不足的十三個國家之一。特別是北方地區，不僅水資源短缺，而且由於水資源的需求量過大，黃河等主要河流不能發揮其應有的作用。中國的五大鋼鐵廠中，有三家位於北方地區，在那裡連供人們日常飲用的水都不足，如果沒有充分的水力資源的話，將很難做出增加設備的決定。

中國衝擊與鋼鐵產業

二〇〇四年四月二十八日，中國總理溫家寶對於經濟過熱現象，實行了利息上調和抑制貸款等強硬的宏觀調控政策。而「中國經濟衝擊」也早於加入世界貿易組織的二〇〇一年，在中國鋼鐵產業中就開始蔓延。

二〇〇三年初開始的經濟過熱現象，雖然經歷了SARS危機，但是在下半期，達到了房地產價格上升，和超過三〇%的固定資產投資增長率。中國政府將鋼鐵、水泥、鋁材、汽車、房地產等產業指定爲投資過熱產業。其中，鋼鐵產業作爲代表性產業，成爲二〇〇四年第二季的宏觀調控政策的主要實施對象。這是因爲，鋼鐵產業在過去三年間的增長率超過了國內生產總值增長率的二・八倍，二〇〇三年，在鋼材價格急遽上漲的同時，也引發了鋼鐵投資急遽增長的現象所致。

最終，鋼鐵業從二〇〇四年三月開始，經歷了停止貸款業務，取消設備的新、增設許可等強硬的結構調整措施。可是在與經濟發展掛鉤的狀態下，政府也無法完全抑制鋼鐵業的發展。因此，現在中國中央政府和鋼鐵工業協會利用此次機會，計劃將這期間積累下的落後設備和小規模鋼鐵公司進行整理。

從量的成長到質的成長

鋼鐵產業的質的發展也會爲需求產業帶來質的發展。中國早在數年前，就已經在家電和造船行業，佔據並維持世界第一、第三的生產國地位。特別是造船產業，在原來建造普通船隻的基礎上，逐漸提高LNG運輸船等具有高附加價值的船舶生產比重。同時，在鋼鐵產業中，廣幅厚板等高附加價值產品的需求量也將大幅增加。在家電產業上，身為「世界工廠」，中國主導家電產品的出口。除此之外，隨著經濟的發展，農村地區的需求量也不斷增加，使中國能夠維持堅實的內需消費量，從而轉變爲「世界的市場」。生產力最弱的汽車行業中，也以二〇〇二年爲轉折，在上海、廣州等經濟實力強大的沿海城市中，迎接「私家車時代」的到來，使之前所預測的潛力得到了現實化。正如能夠解讀這些需求產業的變化一樣，對於中國鋼鐵產業的視角，也應該從過去的「自給自足」的一般鋼材製造國，轉變爲已經爲未來需求做好充分準備的高級鋼材製造國。

中國鋼鐵業的未來

據專家展望，中國鋼鐵產業將沒有任何波動，以每年平均十六%以上的增長速度成長。而水資源不足的情況，則會經由已著手進行的國家重點項目——南水北調計劃，將位於華東地區的長江水資源調向北部黃河地區。鐵礦石和煤炭等資源不足問題，將由上海寶山等大型鋼鐵公司向澳大利亞或巴西等國家積極進行海外礦產開發來解決，並且在中國內部，也進行著資源勘探和開採計劃。電力等能源，則將由提高火力發電效率、擴大核電力、節電政策的強化等方案得到解決。

美國鋼鐵資訊機關——WSD曾於二〇〇四年發表了最具競爭力的十大鋼鐵公司名單，其中中國最大的鋼鐵公司——上海寶山，繼二〇〇二年排名第五位後，二〇〇四年再次力壓日本的新日鐵和美國的諾可鋼鐵公司，成爲世界第三大鋼鐵公司。中國鋼鐵產業的未來是成爲世界第一，而實現這一目標所需要的時間，可能比我們預測的更短。

第三部 尋求雙贏戰略

一・韓國Mr. Pizza的成功故事

「以韓國披薩的味道、服務餵飽顧客」

在絕大多數人還不知道披薩是什麼味道的中國，韓國的披薩連鎖店Mr. Pizza進入中國市場，並且在和世界性速食店的激烈競爭中獲得成功。在中國，從一九八〇年代後期開始，隨著改革開放的潮流，麥當勞、肯德基、必勝客等國際知名速食店，大量湧進中國市場，並且深受中國人民的喜愛。可是至今為止，喜歡披薩的消費者比例還不足〇・一%。Mr. Pizza於兩千年進入中國市場，並以每年近一〇〇%的速度成長。採訪小組經由對Mr. Pizza許俊社長的採訪，得知了Mr. Pizza在中國五年內的成功秘訣。

「首先要吸引顧客的眼珠，為每一位顧客提供最優秀的服務，並使顧客留下Mr. Pizza的味道就是傳統披薩味道的印象。」這就是許俊社長一直使用的成功秘訣。雖然看起來並沒有任何了不起的地方，但是它卻使Mr. Pizza北京市內六家分店，在二〇〇四年上半年創造了五百二十萬美元的營業額。

以店面位置與服務吸引顧客的視線

在對披薩的認知度仍然很低、又無法進行昂貴的媒體廣告的情況下，最關鍵的就是店鋪的位置。許俊社長清楚地認識到對披薩味道並不十分瞭解的中國人，是絕不會辛苦地跑很遠的路來吃披薩的，因此他將店鋪開在繁華的大街旁邊。位於大使館密集地區的一號店建國門店，爲了俘虜年輕人的口味，而在大學密集的五道口設立的二號店，直到二〇〇四年六月在文化廣場地下二樓開業的六號西單店爲止，Mr. Pizza的所有店鋪都開在繁華的街道周圍。

只有店鋪位置醒目，才會有更多的顧客光顧，這是一個不變的法則。而那些被吸引到店鋪內部的顧客，從進門的一瞬間起，就將開始經歷Mr. Pizza獨有的服務。二〇〇四年六月十日下午，與朋友一起來到位於王府井的Mr. Pizza東方廣場店用餐的裴小姐，被店員親切的服務所折服。被店員明朗的吆喝聲所吸引，進入Mr. Pizza店的裴小姐，首先看到的是三十多名店員同時以九十度鞠躬行禮，並大聲說著「歡迎光臨」的場面。

擔任店員的孫翠將裴小姐引向座位，等其坐穩後，以半蹲半跪的姿勢向其詳細介紹起菜單。在裴小姐向孫翠詢問的時候，孫翠向她推薦了大號的馬鈴薯披薩餅。在顧客用餐的過程中，孫翠還不時從顧客身邊經過，以便確認顧客是否有菜量不足或其他需要幫助的事項。

這種細緻的服務在韓國的餐廳是司空見慣的場景，而在以顧客爲中心的服務意識仍然比較淡薄的中國，則是非常罕見的。裴小姐說道：「去過好多家銷售披薩的餐廳，Mr. Pizza的味道最好」、「最重要的是這裡的店員服務非常親切，讓人感到心情舒服。」

許俊社長說：「在一至四美元就能解決一頓飯的中國，七美元的大號披薩是有點貴的。因此，給顧客提供讓其感覺『物超所值』的服務，才是最重要的。」

Mr. Pizza的服務教育非常徹底。北京市內六家分店的兩百五十餘名職員，每天早上八點半至九點半，下午三點到四點，晚上十點半至十點五十分，分三次接受服務教育。熟知本店十餘種主打披薩的味道和特徵是基本知識，所有店員還要透過站在顧客的立場接受服務的模擬教育，達到提供最優秀服務的水準。爲了在顧客面前露出最自然的笑容，就必須以徹底的服務精神武裝自己。這也是許俊社長的訓練哲學。

不打「韓國」品牌，而是以「正統披薩」打造知名度

「對於我們來說，披薩只是一種陌生的西洋飲食，沒有任何一種披薩的味道能夠使十三億中國人同時喜愛。由於沒有能夠進行味道比較的對象，對於中國人來說，我們希望Mr.

Pizza能以『傳統披薩』的品牌被人們記憶在腦海中，而不是以『韓國披薩』的身分。」許俊社長從不刻意強調Mr. Pizza是韓國品牌的理由也正是如此。Mr. Pizza於一九九○年與日本進行技術合作，開始在韓國嶄露頭角。在最初的六年期間，向日本支付了大筆技術轉讓費之後，現在Mr. Pizza已經成為一○○%純粹的韓國企業。Mr. Pizza將在韓國市場大受歡迎的味道秘訣進行計量化，然後帶到中國，以重新展現「手製披薩」的風采。二○○三年開始，披薩的製作原料也完成了一○○%的本地供給。從韓國傳過來的只有披薩味道的秘訣和經營哲學，還有實現這一切的三位韓國人。

「在北京，銷售披薩的餐廳不過只有二十八家而已。這與韓國的六百餘家相比，充分說明了這裡仍然充滿著機會。」在韓國大獲成功的Mr. Pizza的經營哲學和味道秘訣，也是在開拓中國這片「披薩荒漠」時的成功因素。許俊社長手中同時握著需要解決的問題和解決問題的方法，表示出要將Mr. Pizza的味道深深刻入十三億中國人腦中的意志。

銀行業務的本質即服務

訪談：金範洙（Woori銀行北京分行行長）

二○○四年七月二十五日，韓國Woori銀行北京分行舉行開店一周年的慶典。沒有設立北京辦事處，就直接開設分行進行經營的方式，雖說多少有些冒險，但是憑藉著堅強的市場開拓精神和透徹的服務精神，以及對本土職員如同親人般的人事管理方式，使該行在二〇〇四年上半年創造了四十九萬美元的盈餘。

二〇〇四年六月八日上午，採訪小組來到了位於北京現代盛世大廈七樓的Woori銀行北京分行，見到了分行行長金範洙先生。他對於Woori銀行進入中國僅一年，就獲得如此大的成果給予非常肯定的評價。如果以現在的成長趨勢來看，二〇〇四年一年達到八十至九十萬美元的盈餘，也並非遙不可及的目標。

在第一階段，Woori銀行北京分行主要將進入中國市場的韓國企業「搶」過來，使其成爲自己的客戶。在汽車零件加工廠、製造業、資訊技術行業等Woori銀行的客戶中，近九〇%是韓國企業。對於那些剛處於法人設立和金融業務等初期階段的韓國企業，金範洙和韓國人律師、會計師一起，每月召開一次說明會，以累積客戶對Woori銀行的依賴程度。

金範洙行長還說：「在中國的銀行，每次建立新的帳戶都需要先從外匯管理局獲得許可。而Woori銀行由於與總行建立起網路系統，以對韓國企業正確的資料爲基準，能夠快速處理信貸、轉帳等業務，這也是Woori銀行的業務優勢。」

Woori銀行與中國的銀行最大的差異，就在於透徹的服務精神。在Woori銀行有一條不成文的規定，那就是以親切的態度接聽顧客的電話，對於顧客的提問，永遠不許說「不知道」。金範洙的這種教育哲學，也決定了Woori銀行優質服務的保證。每個星期四早上八到九點，Woori銀行的職員都必須對業務進行範例研究。以轉帳、手續費、利息、貸款等顧客最關心的業務爲中心，對於怎樣答辯才能讓顧客最感滿意而進行討論。

經由這樣的過程，職員們不但能夠瞭解其他部門的業務，還能擁有回答顧客提出各種問題的能力。在實施服務教育的初期階段，也受到過曾經在中國的銀行有過工作經驗的職員們的反對。習慣於社會主義體制的他們，並沒能認識到自己的工資是由顧客支付的道理。金範洙行長向職員們說明銀行業務的本質就是服務，並反覆強調，只有站在顧客立場上著想的銀行才能成爲最終的生存者。

最後，金範洙行長認爲最重要的就是與本土職員的關係。Woori銀行北京分行共有十六職員，其中十二名是中國人。金範洙行長尊重他們的習慣和規矩，對每個職員都給予同樣濃厚的關懷。對於職員的大、小事都盡量給予幫助，在與職員的家屬們見面的時候，也盡量誇獎職員們的業務能力。在座位選擇的問題上，由於中國人不習慣盤腿，所以每次聚會吃飯的時候，都會特意挑選能夠坐在椅子上吃飯的飯店。

金範洙行長衷心希望，中國本土的職員能夠與Woori銀行北京分行共同得到發展。他深深地記得，在二〇〇三年三月召集分行本土職員的時候，竟然有一千多人參加報名。在經過了第一次的書面資料審查和第二次的英語面試以後，最後選拔了八名職員。金範洙行長希望在他們成長為優秀的銀行業務員的過程中，Woori銀行能夠成為其成長的助力。「我不會挽留任何一位想要轉行到其他企業工作的本土職員。只要他們沒有忘記Woori銀行為其打下了作為社會人的基礎根基，我相信他最終一定會成為Woori銀行的事業夥伴。」

金範洙行長認為進入中國的韓國企業越多，Woori銀行的前途也就會越光明。隨著韓國企業與中國企業的交流不斷加強，Woori銀行的中國客戶也將增加。為了吸引更多的中國客戶，Woori銀行將更加努力。

二・掌握人才

「人才即國力」，中國積極徵召海外留學生

營造一流的企業環境，政府積極支持創業

「築巢引鳳」，這個成語準確生動地解釋中國的吸引海外留學人才政策。「鳳凰」是指遍布於全世界的中國留學生，而「鳳巢」則是指能夠使他們盡情發揮能力和熱情的最優秀的企業環境。在最近幾年間，中國開始正式展開「築巢引鳳」計劃。在此之前，一直成爲留學生歸國絆腳石的所有制度，現在也都轉爲吸引留學生歸來的方向。

二〇〇四年六月二十四日下午，採訪小組來到位於北京中關村地區的國際孵化園二樓的某科技有限公司，主要從事開發資訊保安領域硬體與軟體的這家公司，在二〇〇四年一月開

始正式進入市場之後，除春節以外，在上半年四個月中營業額達到了三十七萬五千美元。最近還在哈爾濱和美國分別增設了辦事處。這家公司一共擁有二十六名職員，老闆是二十九歲的亨利・劉，他也是典型的「海歸派」。「海歸派」是指在海外結束學業回到中國就業的專業人才。

在十年前跟隨父母遠渡美國的亨利・劉，大學專攻的是電腦工學，在結束企管碩士課程之後，他於二〇〇一年十二月回到中國，開始了創業之路，使他回到中國的原因是中國政府的創業支援政策。十年之後回到中國，中國的一切都已經發生了翻天覆地的變化。他說：「因爲在戰略上，中國是一個利於創業的地方，所以決定回國創業。」「在商務活動的時候，有時會用到美國國籍。沒有重新拿回中國國籍的想法。」

留學人員發展園位於距離這裡僅十分鐘路程的北京上地資訊路。如果說國際孵化園是爲海外留學生創業而建的「孵化器」，那麼這裡就是他們離開「母親懷抱」之後，獨立發展的地方。現在這裡，已經進駐了四十餘家海歸派企業。隋子敏是一家主要開發網路電話程式和機上盒的公司老闆，他在美國拿到博士學位之後，進入美國企業從事了長達十餘年的資訊技術研發工作，於二〇〇三年回到中國。他是因爲創業優惠政策而回來的，原本三年的孵化園課程，他僅用了兩年就修完了。二〇〇三年三月進入留學人員發展園之後，迅速發展成擁有四十多名職員的中堅企業。他說：「現在從美國和日本不斷接到訂單，公司將來的發展前景非常好」，「尖端技術企業都集中在公司附近，短期內沒有遷移的計劃。」

海歸派創業者們也開始與大學人力資源建立起直接聯繫。北京東方衛星科技有限公司是一家主要進行衛星導航裝置教育程式開發的企業，現在與河北大學建立了姊妹關係。雖然包括社長在內只有三個人，但是技術力量卻受到業界肯定，現在正在雇用一名研究生兼職員。對於這名「學生職員」，公司社長張軍林不但將尖端技術毫無保留地傳授，還幫助其取得優異的學業成績。研究生劉子江說：「社長不但教會我做事，還對我的論文進行指導」，「在國內很難學習到的技術，能夠從海歸派前輩那裡學習到。」

這些企業都位於北京中關村，也隸屬於最大規模的海淀區。二〇〇四年上半年，在這個地區登記的企業總數達到了一萬一百多個，平均每五分鐘就有一家公司登記。海淀區副區長于軍說：「在這一萬多家企業中，有三千多家是海歸派企業。」「二〇〇三年，僅這個地區就引進了相當於七億九千五百萬美元的外資。」

而這種海歸派引進政策是在國家高度重視的前提下形成的。國家人事部政策局王可良副局長透露：「中國實施的人才強國戰略的核心，是透過改革開放和市場規律建設一個富強的國家」，「國家爲了引入尖端技術、金融、法律、國際貿易、管理、基礎研究等六個領域的最高級技術人才，將發表包括『投資移民法』和『技術移民法』在內的『人才歸國計劃』。」

一九九九年，前總理朱鎔基曾爲加入世貿等相關事宜而訪問美國，在百忙之中，仍然抽出時間訪問了美國麻省理工學院。他號召所有中國留學生：「所有的事情我負責，請大家回到祖國。」到現在爲止，已經回到中國的海歸派達到了十八萬餘人，據估計，今後還將有二十餘萬海外留學生被吸引回中國。在外國學習到先進技術並有過創業經歷的他們，如果回到中國，等於把其資本和尖端技術，以及社會關係網絡都一起帶回中國。最近胡錦濤總書記曾在人才工作會議上再次強調：「吸引人才直接關係到中國的興亡。」

支持「海歸派」創業的一元化服務

中國政府對海歸派的支持政策主要可以分爲六種。首先，「綠卡」政策是幫助海外留學生在中國安定生活的優惠政策。對於來京工作的海歸派，發放北京市戶口，解決子女入學、車輛和住宅等日常生活中的問題。對於面積不到一百平方公尺的住房，如果房價不超過五萬美元的話，可以提供分期付款的優惠。對於汽車的稅金也給予全額免稅的政策。

對於創業者，可以免收部分企業稅金。特別是對於高科技企業，可以提供長達三年的全額減免稅金的優惠政策。而且這個政策對於在國家獲得學士學位以上的所有留學生都適用，與其留學的地域和專攻無關。企業登記只需要四天的時間，這比一般企業需要花五、六天的時間，形成了鮮明的對照。對於想要設立企業的留學生，專業機構可以在法律、設施、登記等創業過程中，在遇到繁瑣的行政事項上提供一元化服務。即使是外國國籍，但是只要繳納一萬兩千五百美元，對任何人都可以提供這種快速服務。

第二，是留學人員創業服務總部負責的服務體系。經由建立於美國矽谷、馬里蘭大學，加拿大的多倫多、日本的東京以及英國的倫敦等五個地方的網絡，向留學生提供著歸國服務。**Incubator**（保溫箱）體系是對留學生創業提供搖籃式服務的階段，位於中關村的海淀創業園和清華創業園等創業園，向留學生提供全方位的創業服務，而生命科學院和軟體園等地，則負責提供各專業領域的支援。

大學資源分享體系，是指在中國內大學和企業之間進行資源分享的合作方案。在大學附近建立多個與創業有關的機關，以達到相互作用的效果。專案普及體制是指每年在一月和五月召開投資座談會，爲希望創業的留學生和投資者提供「一對一」交流機會的政策。在北京，北京智慧財產權交易所專門負責投資與融資的業務。

資金支援體系則是爲了那些有技術無資金的企業提供無償輔助金的政策。按照各種條件和評價，最多可以得到一萬兩千五百美元的無償支援。除了科學技術部的中小企業創業基金、人事部的優秀企業創業基金等國家部門基金以外，還可以申請八·五三基金、九·七三基金等政府專案的基金。如果被指定爲專案基金的受惠者，另外還可以從企業上屬的孵化園得到相當於政府支援金五〇%的支援。

積極招聘海外專業人才

與海歸派一起，中國吸引人才政策的另一條主軸，則是技術人才引進戰略。二〇〇三年十月，中國人事部、商務部以及國家工商總局等部門，聯合發表了「中外合資人才仲介機構管理暫行規定」。這意味著如果各方面條件符合規定，外國人才仲介公司可以與中國合作，建立起合資公司，這也意味著中國開始正式接受外國的獵人頭公司的進入。

廣東省從二〇〇三年末開始，爲了解決外國人的子女教育和社會保障問題，使外國人享受與中國人同等的待遇，開始向外國人發行「綠卡」。北京市也從二〇〇三年開始，向主要外資企業高層領導提供車輛及住宅的購買優惠政策。黑龍江省海林市也向在其管轄區內創業一年以上的外國碩士、博士提供每年三萬元的獎金。

中國企業也加快引進技術人才的腳步。在日本，由於高失業率而在尖端電子、機械電機領域失去立足之地的數十萬名日本高級人才，成爲中國企業積極爭取的對象。語言相通的台灣、香港等地的尖端人才，也是中國企業網羅的主要目標。中國在薄膜電晶體液晶顯示器（TFT-LCD）和有機發光顯示器（OLED）等領域，與台灣存在三到五年的技術差距，因此如何「搶」到這些領域的技術人才，就成了刻不容緩的大事。中國代表性的資訊通訊企業

——華爲公司，曾發表將引入一千五百名印度軟體發展專業人才。不吸收專業人才，中國就不可能得到高速的發展。

韓國也不例外。國內高科技人才向海外投奔的規模，也由二〇〇一年的三千名、二〇〇二年的四千兩百名，以及二〇〇三年的五千一百名，不斷呈上升趨勢。其中半導體、**LCD**、**Plant**、通訊器材、汽車設計等專業人才的比重達八〇%以上。在韓國海力士半導體公司，二〇〇三年和二〇〇四年兩年之內，就有二十餘名半導體設計部門的核心技術人才投向了中國和台灣企業。其中大部分是在亞洲金融危機時跳槽的，還有一部分是在最近韓國經濟陷入委靡的情況下，成爲失業者之後，才成了中國企業獵取的目標。

三・中、韓經濟合作才是生存之道

如果競爭比合作優先，即預告將踏上荊棘之路

中國的技術力量急速上升，需要「選擇與集中」

韓國經濟發展的歲月很長，可是規模卻並不大。與其相反，中國的經濟發展雖然歲月不長，可是卻具有超大規模的經濟面貌。中、韓兩國經濟的共同發展之道能否得到延續呢？現在看來，這應該是一條「荊棘之路」。

以長遠的目光來看，爲了維持中國市場，韓國必須捨棄中國。至二〇〇四年八月爲止，韓國對中國（包括香港）市場的出口，集中度達到了二十七・六％，這個數值要比韓國在美國、日本等傳統出口市場的集中度高出一大截。韓國在得到中國的中、低價產品市場的同

時，也失去了美國和日本等以高價、尖端產品爲主的先進國家市場。這正意味著韓國出口產品的技術含量正在弱化，而從企業的角度來看，這也意味著對產品革新和技術開發體系的實施不利。這正說明韓國企業在中國的追擊下，逐漸陷入技術的難關。爲了維持與中國的技術差距，就必須實施能夠持續創造出新產品的研發體系。即主力出口市場必須重新轉換爲以美國和日本等先進國家爲中心的戰略上。

如何使對中國的出口從量的成長轉向質的成長，也是非常重要的課題。在擁有十三億人口的龐大中國市場面前，不去考慮長期利益，而以近乎成本價格銷售的「薄利多銷」策略將不再靈光。三星在中國等國家實施的手機高價銷售戰略就是一個很好的例子。即使在現在，在中國的手機市場上，消費者仍然把比世界品牌手機貴上二〇%至三〇%的韓國手機作爲首選。以中國出口的附加價値爲中心的轉換，即使在國家危險度管理的角度上也是勢在必行的。因爲對於某個特定國家的出口集中度超過二十五%的事實，就意味著國家暴露在相當危險的狀態下。

現在是需要選擇和集中的時刻。在同一領域中，中小企業很難在與大企業的競爭中生存下去。中小企業需要將自身特有的優勢作爲基礎，以大企業的弱點爲突破口，創造出生存的空間。中、韓兩國的人均國民收入相差十二倍，在製造成本上，韓國根本無法與中國進行競爭。因此，韓國必須在中國生產困難的領域中，找到生存的空間。對於中國在經濟發展過程

韓國的出口對象國比重變化示意圖（單位：%）

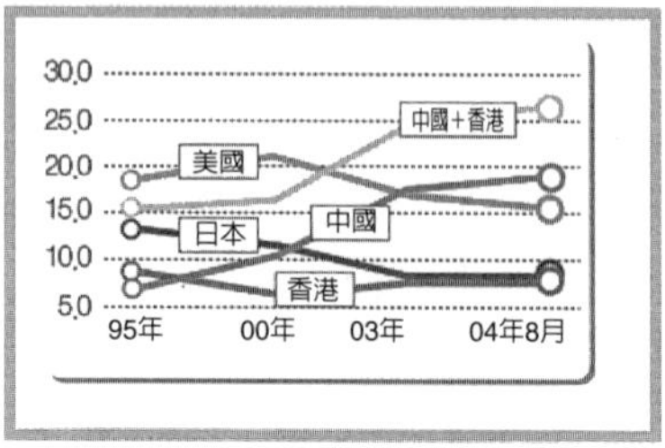

中國的海外出口與韓國的對中國出口與投資變化示意比較

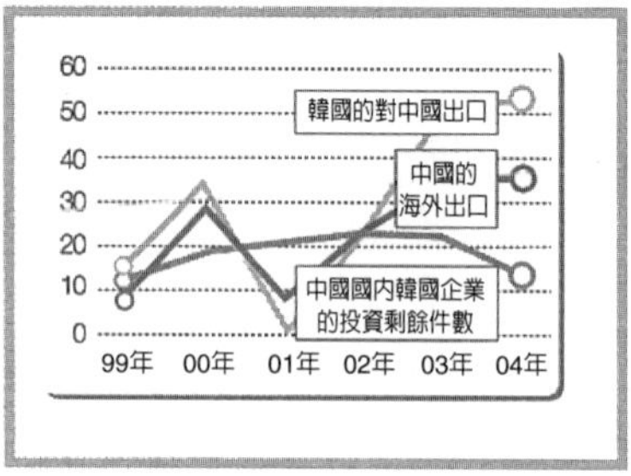

中，下一個階段會需要什麼樣的產品等問題，韓國應該事先做出準確的預測，並做好充足的準備。對於中國的經濟，韓國則需要建立一個更加完善的研究體制，構築起一個能夠向韓國企業提供即時的、準確的、高效率的資訊反饋網路。

回首中、韓建交後的十二年，韓國在中國的經濟發展過程中發揮了重要的作用。一九九二年的韓、中建交，不僅在兩國經濟的共同發展方面，而且對中國的經濟發展也是一個決定性的契機。在對外方面，一九八九年，中國由於天安門事件而在國際社會處於孤立狀態，使中國脫離孤立狀態的決定性契機，正是一九九二年與韓國的建交。因爲當時正持「隔岸觀火」態度的日本企業和台灣企業，生怕韓國企業獨佔中國市場，而從那時起正式啓動對中國的投資。中、韓建交給中國以外資企業爲中心的出口主導型發展戰略，提供了決定性的發展契機。

一九九七年，韓國經濟遭受到金融危機巨大的衝擊，而作爲回饋，使韓國快速克服難關的一等功臣，正是中國的發展。隨著中國這個新興市場的出現，韓國的貿易收支結構從原來的慢性赤字迅速轉變爲盈餘。隨著中國在服裝、家電等產業上，逐漸成長爲世界的加工廠和出口基地，對於零件和原材料的需求也大幅增加。在以外資企業爲中心的組裝加工型出口結構下，韓國以鋼鐵、石油化工、半導體，以及電子零件等爲主的對中國出口貿易，也在建交之後的十一年間，得到了年均二十六．五%的高速發展。

韓國的出口增長率幾乎與中國的出口變化率一致。另外，韓國經由對中國的大規模投資，將勞動密集型產業轉移到中國，只在本國國內的企業中進行研發等知識性勞動，這爲企業的結構調整提供了良好的機會。

在過去中、韓經濟合作過程中值得注意的一點就是，兩國間的經濟差距的互補性，成爲韓國與中國經濟得以共同發展的基礎。最近，隨著中國產業化進程的加速和出口規模的擴大，兩國間的合作領域也相對縮小，而競爭領域則不斷擴大，由此，韓國與中國經濟共同發展的可能性也變得不再清晰。爲了能夠與中國經濟維持共同發展的結構，並利用中國的高速發展，爲本國的發展帶來更多的機會，韓國需要制定一系列體制性、戰略性的對策。

未來戰略產業的衝突是不可避免的

中國企業的飛速成長，使得韓國企業逐漸改變了對中國企業的印象。據韓國貿易投資振興公社以中國本土的韓國投資企業爲對象，所進行的問卷調查結果顯示，調查對象的五十八%將中國企業看作競爭對手，而五十三%的調查對象則表示中國企業和韓國企業並不存在技術差距。可是，根據以技術水準爲中心的經濟合作開發機構的產業分類方式，過去七年間，韓國與中國的產業和出口結構的變化趨勢顯示，中國與韓國仍然存在著一定程度的技術差距。

韓國與中國的產業構造比較（單位：%）

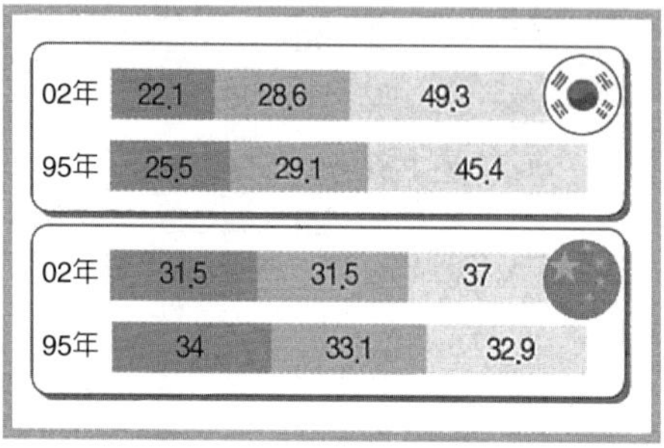

韓國與中國的出口構造比較（單位：%）

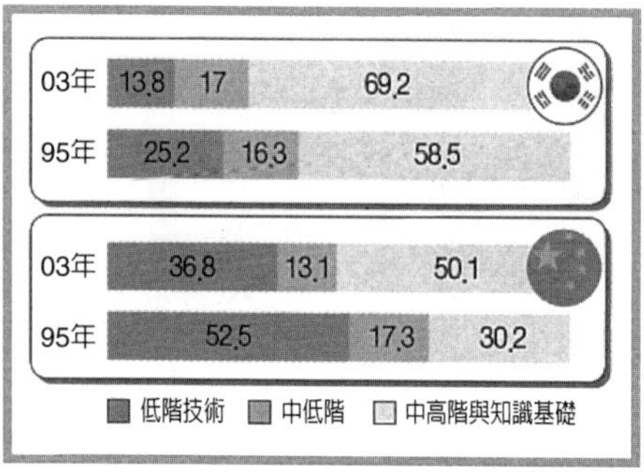

分析一九九五年至二〇〇二年兩國產業結構的技術發展趨勢，如圖所示，在中國以低級、中低級技術爲基礎的製造企業，和以中高級技術爲基礎的企業的比率從六七比三三上

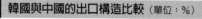

升到六三比三七。而同一階段，韓國則是由五五比四五上升到五一比四九。隨著中國在技術方面的追趕，韓國也不斷加快了技術研發的步伐。二〇〇二年中國的產業結構仍然沒有達到一九九五年韓國的水準。從產業整體來看，韓國與中國之間仍然存在著相當程度的技術差距。

可是，在產業結構的完善過程中，兩個國家卻各自顯露出了不同的面貌。韓國從低級技術產業發展到高科技製造產業，經歷的是一個階段性的、循序漸進式的發展過程。而中國呈現出的則是「同時間多點開花」式的技術發展形態。中國除了勞動密集型的低級技術產業以外，其他所有的產業都在以「同時間多點開花」的方式發展。如果考慮到中國排名世界前幾位的經濟規模，中、韓兩國幾乎在所有領域中進入競爭狀態的情況，也只是時間早晚的問題而已。

更重要的則是中、韓兩國所追求的未來戰略產業也是一致的事實。這一點只要比較一下韓國政府推動的下一代成長動力產業群，和中國政府發表的中國產業技術政策，就會一目了然。兩個國家都追求經由汽車、機械、造船、鋼鐵等傳統製造業的技術革新，實現高附加價值化；在資訊、通訊、環境、能源、航太事業、生命工學等未來希望領域，實現產業化和出口化的目標。這也預告中國與韓國將在眾多未來產業上發生技術衝突。

而中、韓兩國間的出口結構變化趨勢，也客觀地顯示這種預告的可能性。在出口產業中，中國的追趕相當迅速。中國的以低級、中低級技術爲基礎的製造企業，和以中高級技術爲基礎的企業的出口比重，由一九九五年的七十比三十上升到了二〇〇三年的五十比五十，在不過八年的時間內就提升了二〇%。而韓國在同一階段由四二比五八上升到三十比七十，不過提高了十二%。中國的出口結構也與產業結構相同，正在以資訊技術產品爲中心快速發展。

綜上所述，中國正以驚人的速度進行產業結構和出口結構的尖端化。可是，到目前爲止，中、韓兩國間還存在著明顯的技術差距。綜合來看，對於中國經濟，韓國企業既不需要過於樂觀，也不需要過於悲觀，而需要準確地掌握中國經濟的實際面貌。

四・中、韓網路企業合作

網路企業「NHN」、「海紅」聯合營運實驗台

從很早以前，韓國與中國的網路企業之間，就開始了各方面的合作。特別是在線上遊戲方面，中、韓兩國網路企業之間的技術合作已經步入正軌。韓國網路企業憑藉世界先進的技術，與呈現出爆發性上升趨勢的中國網路市場，憑藉線上遊戲爲手段，不斷擴大營利規模。韓國企業從很早以前，就已經掌握了北京、上海等中國線上遊戲市場。韓國軟體振興院北京事務所所長牟榮宙先生說明：「在資訊技術領域中，現在仍然對中國保持相對明顯優勢的，就是線上遊戲領域。」

搶佔大陸市場的韓國線上遊戲

韓國線上遊戲開發公司憑藉著出色的遊戲開發能力，和在中國市場具有親和力的服務支援能力等優勢，大幅領先著中國、歐洲、美國以及日本等國的遊戲公司。

現在，在中國遊戲市場佔主導地位的韓國線上遊戲，仍然佔據了遊戲總量的六〇%左右。在確保付費遊戲使用者方面比較成功的遊戲中，韓國產品大約佔了三分之二左右。Actoz Soft的《傳奇2》、Webzen公司的《奇蹟》、Gravity公司的《仙境傳說》、CCR的《魔獸世界2》、NC SOFT的《天堂》等遊戲，都已經在中國遊戲市場站穩了腳跟。

進入二〇〇四年，韓國大型網路企業NHN，與中國最大的遊戲企業海紅公司聯合營運等合作事例，間接促使韓國遊戲開發企業加快進入中國市場的步伐。同樣，中國企業進入韓國也開始呈現積極態勢。進入二〇〇四年後，中國企業正式開始對韓國遊戲企業進行阻截，大肆對韓國遊戲開發企業進行收購與合併。

據瞭解，中國的BBMF和中華網子公司——中華網移動交互公司（CMIC）等，正謀劃對韓國遊戲企業開發公司的收購計劃。上海盛大網路發展有限公司也收購了韓國遊戲《奇蹟》的五〇%的經營權，這與以前傳統的中、韓合作模式相比，是一種更加積極的方式。

脫離了購買已完成的遊戲軟體的中國版權的方式，現在變成以確保股份，向韓國遊戲開發企業進行前期投資的方案、將韓國遊戲公司整個吞併的收購方案、在中國設立合作法人進行共同開發的方案等策略。中國企業蠶食韓國遊戲開發技術的方式變得多種多樣。

中、韓網路企業的雙贏之路

然而，這種現象至少在短期內對韓國企業是有利的。二〇〇四年達到四十一億美元規模的韓國國內線上遊戲市場，已經逐步進入飽和期。這是因爲韓國的遊戲使用者已經達到了一千四百萬名，將來也沒有多少擴充餘地的緣故。而相反的，根據推算，中國的線上遊戲使用者僅爲兩千三百四十七萬名（付費使用者爲一千一百九十萬名），而到了二〇〇六年，將超過韓國國家人口，暴增至四千四百九十萬名左右（付費使用者爲兩千兩百二十七萬名）。中國遊戲市場對於韓國遊戲企業來說，就是鋪滿黃金的「黃金之城」，就是需要進行大開發的西部。

中國線上遊戲市場規模與成長率

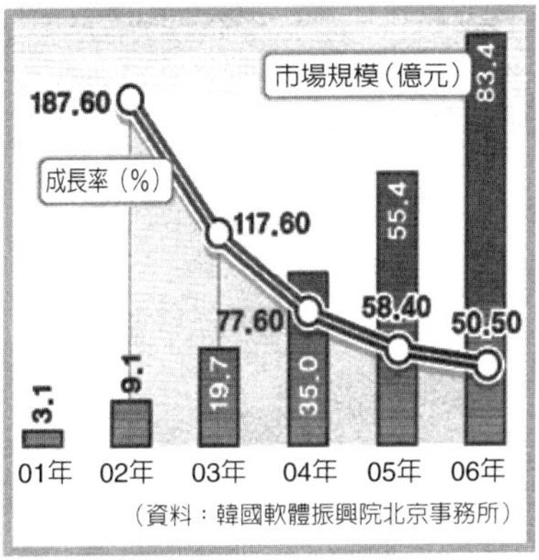

中國大陸的領先線上遊戲

遊戲	開發公司／普及業者
Mu	Webzen（韓國）
Mir 2	Wall Made / Actoze（韓國）
Ro	Gravity（韓國）
Fortress 2	CCR&CV（韓國）
Navy Fedld II	SD Internet（韓國）
Knight online	Worms.（韓國）
PCIK	Magics（韓國）
WYD	Joy Impact / Hanvit Soft（韓國）
Droiyan	Worms & KRG Soft（韓國）
Crossgate	Anix（日本）
幻靈遊俠	TQ Digital（中國）
大話西遊Online	Netize（中國）
Stone Age	HwaA（中國）
天堂Lineage	NC Soft（韓國）
流星蝴蝶劍（MBS）	Interserve（中國）

對此，前中國國家經貿委處長李明成先生說：「韓國不需要擔心形成產業共同化，在國內無法保持競爭力的製造業，應盡快遷移到中國，並開始扶植資訊科技和金融服務產業，才是明智的選擇。」這也正與韓國專家的觀點不謀而合。韓國產業經濟研究院會長韓甲秀也曾說過：「韓國需要與中國往形成新形態的分業結構的方向發展。」簡單來說就是，即使將製造業完全讓給中國，韓國也必須將高附加價值的軟體發展等資訊科技市場牢牢佔住。

可是，如果在不遠的將來，韓國與中國之間的線上遊戲軟體發展等技術差距不斷拉近，形態就將不同。這是由於中國可以利用龐大的資本和低廉卻質優的豐富人力資源爲基礎，進行「人海戰術」式的研究開發投資的緣故。

在這種背景下，中、韓線上遊戲企業實施共同開發、攻略中國市場的戰略，也是不可避免的選擇。在這個過程中，兩國公司在伺服器等技術力，或遊戲本土化等方面，憑藉著各自的相對優勢，能夠共同開發出具備強勁競爭力的產品。

隨著中國遊戲市場的不斷擴大，必然需要大量的遊戲軟體發展人才。而韓國則應該抓住這個機遇，早一步開始佔領中國的遊戲開發教育市場。現在，中國政府已經在幾所相關學校設立了關於遊戲製作的學系，同時還促進民間教育中心的建立。以此爲契機，韓國教育團體應該盡快進入中國，繼技術佔領中國市場之後，再一次掌握住中國遊戲市場的命脈。韓國透過教育合作，不僅可以創造出大量的利潤，還可以韓國遊戲開發技術爲基礎，進一步擴大中國的遊戲消費市場。

當然，也有專家（韓國國內遊戲企業代表）指出，「在此之前，首先應該將過於死板的『遊戲等級分類制度』等規定，改善爲市場主導型、能夠使韓國線上遊戲保持世界性競爭力的制度。」

尋求海外投資活路

撰稿人：魯桐（中國社會科學院世界經濟政治研究所跨國企業研究室主任）

自中國加入世界貿易組織之後，中國的國內市場得到進一步的開放。中國企業也進入了激烈的國際競爭時代。隨著市場的開放，巨大的跨國企業以在中國本土生產、在中國本土銷售的方式，利用著中國低廉的勞動力。

但是，如果中國企業對自己處於國際分工結構中最下端的製造業的相對優勢而感到滿足的話，就將在激烈的國際競爭中陷入危險的境地。因此，培養擁有國際競爭力的中國跨國企業，才是企業得以生存的必要條件。

中國政府於兩千年樹立「走出去」的戰略，並在二〇〇三年共產黨十六中全會上，決定將促進中國跨國性企業的海外投資計劃。現在，一部分中國企業已經具備了進入國際市場的實力。據商務部統計，到二〇〇四年五月底爲止，經過商務部批准、進入海外的中國企業數量達到了七千七百二十家，分布在一百六十多個國家裡，這些企業在海外直接投資的規模超過三百億美元。二〇〇三年，在中國新設立起的外國投資企業（境外企業）達到五百一十家，比前一年增加了五〇％。

在中國的海外投資中，近一半集中在香港和澳門，然後是北美、澳大利亞和歐洲。其中，貿易型企業佔絕大多數，投資領域則包括了資源開發、海外加工貿易、農業、農產品開發、旅遊、商業、諮詢服務等。附加價值低的勞動密集型產業佔主流，除了資源開發型項目之外，絕大多數都是中小開發項目。企業平均的資本規模爲二十五萬美元。由於資金和經驗的不足，中國的海外投資大都採取獨資、合資企業的經營方式。整體來看，中國企業的海外投資仍處於初期階段，不但規模小，業種也繁多。中國政府將在未來不斷擴大對外投資規模，並大幅發展海外加工貿易、組裝產業。同時，還將積極籌劃跨國性合併、併購等投資方法。

中國政府將透過加強海外資源的合作開發、石油、天然氣，以及礦產等資源的勘採、開發、加工等合作，積極利用中國的實用技術。除此之外，海外農業合作、在海外科學技術資源密集地區建立研究開發中心、服務貿易合作等，也都是主要投資領域。

爲了創造更好的海外企業合作的國際環境，從二〇〇四年一月開始，新的「對外貿易法」正式生效。雖然外匯制度也限制企業的海外投資，但國家外匯管理局已經表示將修改規定，使具備條件的跨國性企業可以在海外營運方面，使用自身所擁有的外匯資金。

國家外匯管理局首先從二〇〇二年十月開始，將浙江省、廣東省的十四個城市，指定爲海外投資外匯管理改革實驗城市，開放對外匯審查金額和使用的權限。爲了提高綜合國力，中國政府積極支持大企業和集團的發展，使其發展成爲跨國性企業，這也是推進中國工業化的重大戰略。

國家資產監督管理委員會在強化體系改革、結構改革的同時，爲大企業的發展打下堅實的基礎。將來，中國政府還將簡化行政審查程序，確立企業的投資主體地位，爲跨國經營打造最理想的環境。

五·附屬於大學的高科技企業風潮

「大學與企業合而為一」，集中扶植校辦企業

上海復旦大學營運半導體等一百一十八個企業

中國的國家技術革新體制，在社會主義市場經濟體制的大框架內，發生著急遽的轉變。變化的重點就是在改革開放之後，一直倡導的「科學技術就是最高生產力」的政策基調，已經被高效地實現制度化。經濟建設必須依靠科學技術，而科學技術則必須爲經濟建設服務，必須將技術和經濟緊密連結在一起。因此，在大學、國有企業以及研究所等所擁有的技術基礎上，引進資金和營銷概念，經由技術的商業化，尋求生存戰略，這些戰略的本質就是將研究成果與市場直接連結起來，培養出大量的「大學與企業合而爲一」的校辦企業。

二〇〇四年六月二十九日，採訪小組來到上海交通大學奈米研究所。這裡是學校的直屬機構，正進行超薄膜集成電子迴路和微米／奈米加工技術的實驗。不斷開發著最新技術的奈米研究所，也成爲上海交通大學名聲最大的幾個研究所之一。包括十二名教授、十名碩士副教授以及碩士、博士研究生在內，這裡共有六十餘名研究人員進行研究。

採訪小組進入奈米研究所後，首先看到的是陳列在長廊兩側的研究成果。這裡有在〇·一公克的超小型直升機裡裝入兩公釐的齒輪減速器、一公釐的電磁發動機等，一些只能用顯微鏡才能看到的模型。在這個爲了實驗而阻止一切光源進入的實驗室中，四名研究員正在教授的指導下進行著光實驗。李景全副教授說：「現在雖然只是學校直屬的研究所，但遲早將會與上海市的企業建立起合作關係。」

以前，上海交通大學只因爲是中國共產黨前任總書記江澤民的母校而被人們所熟知。但是現在，眾多的科學技術人才已經使上海交大逐漸進入中國名校之列，同時，他們也光榮地與江澤民前總書記一起登上上海交大的畢業生名單。上海交大副校長葉取源說：「上海交通大學之所以能夠得到人們的肯定，並非只是因爲這裡曾是江澤民前總書記的母校，在這裡還培養出天體物理學的泰斗錢學森、美國王安電腦公司的創始人王安等傑出人物。」他還說：「大學最重要的任務就是將科學研究、技術革新以及社會等三種關係有機地結合起來」，「大學積極培養優秀人才，而人才則需要取得科研成果，這就是扶植校辦企業的眞正意義。」

上海交通大學近來最值得驕傲的就是，在中國股市成功上市的昂立與南洋兩個集團。昂立是在健康美容領域，南洋是在資訊通信、房地產、醫療機械、教育等領域獲得成功的校辦企業。它們雖然都是學校建立的企業，但是業務方面卻完全由企業自主經營。學校向企業提供研究成果，而這些企業則向學校回饋一部分利潤。當然，學校的相關人士也參與這些企業的董事會。

上海復旦大學擁有一百一十八個校辦企業，其中三家是股份公司。主要經營生物醫學、新型材料、半導體、環境工學、奈米等五個領域。由於校辦企業太多，所以學校內部設有專門管理校辦企業的部門。產業化與校產管理辦公室對學校企業進行管理，聯繫企業與學校之間的所有業務，並且提供各種服務。辦公室主任陳興晶說：「學校將獨自開發出的技術提供給企業，而企業則根據這項技術的價值向學校回饋一部分股票。」

於一九九六年成立的北大方正集團公司，以電子出版系統爲主打產品，旗下擁有十家合作公司和子公司，以及一百多家代理店，是中國辦公自動化領域的龍頭企業。然而，這家企業的上級機構卻是北京大學。北佳信息技術有限公司是北京大學與日本佳能株式會社、日本樂思株式會社於一九八八年合資創辦的高科技企業。公司主要經營雷射印表機和辦公自動化處理系統的製造業務，研究人員的平均年齡還不到二十五歲。

生產三十餘種以上的最尖端技術產品的「北京華海新技術聯合開發公司」，是被譽爲

「中國麻省理工學院」的清華大學下屬企業。公司由七個下屬企業構成，其中包括三個外國合作企業。現在的清華大學，除了擁有專營電腦、電子出版、精密化學領域、擁有五千多名員工、銷售額超過一兆元的清華同方集團以外，還營運著十五家企業。北京大學除了專營軟體發展、資訊通訊、新型材料等領域、擁有六千多名員工、銷售額達到兩千億美元的北大方正集團以外，也經營著十七家企業。

努力使科學技術商業化的，並不僅是研究所而已。中國科學院也擁有眾多下屬企業，除了在電腦和軟體發展等領域銷售額達到五千六百四十億美元的聯想集團以外，還擁有二十家極具實力的企業。除此之外，專營軟體發展、電腦網路、通訊、醫學電子儀器、低溫裝備等生產業務的科海集團公司，由中國科學院下屬六個光學精密機械研究所合作成立的中國大恒公司，專營電腦設計（CAD）、電源裝置、系統整合等領域的北京希望電腦公司等，也都隸屬於中國科學院。電子工業部下屬的第六研究所，爲了生產局用交換機和行動通信等相關產品，成立並經營北京華科通信技術開發總公司。

「自強不息、厚德載物」，這句名言被深深地刻在清華大學校門前的石碑上，也是中國大學商業發展的眞實寫照。

承認企業實習學分，鼓勵創業

隨著中國校辦企業的相繼成功，還出現了專門爲支持校辦企業創業的創業支援校辦企業。位於北京清華大學校門前的清華科學技術園，就是爲了向那些夢想創建校辦企業的學生和教授們提供支援而成立的公司。

這裡最大的魅力就是距離清華大學較近、擁有較高的教育效果。科技園的理事長和教授們都出自清華大學，直接在清華大學授課。如果在科技園介紹的企業裡進行一定期限的實習，那麼還會得到學分的承認。科技園還在清華大學校內舉辦創業大會，引導學生和教授們走上創業的道路，並給予業務指導。

能夠與海外知名的研究開發中心直接聯繫，爲創業打下堅實的基礎，這一點也是科技園的優勢。現在，已經有包括寶鹼、昇陽在內，在世界五百家大型研究開發企業中屈指可數的數十家外資企業，以及清華同方、清華紫光等校辦企業入駐科技園內。到現在爲止，經由這裡創業的企業已經達到了三百餘家。僅二〇〇四年上半年，就有七十餘家企業在清華科技園的幫助下創業成功。

清華科技園副總裁曹一兵先生說：「我們雖然不強求學生們一定要走上創業的道路，但是將科學技術成果商業化卻是科技園的核心作用，因此我們爲了幫助創業，創造了豐富的環境。」

在大學內開發、製造、銷售新商品

中國的大學下屬企業利用大學擁有的知識資源和一定的固定資產，擔負著從新產品的研究開發，到生產銷售、技術資訊服務以及教育訓練等各方面的機能。在這個過程中，校辦企業對內隸屬於大學的行政單位，對外則作爲獨立的經濟法人，實施著獨立債權制和自主經營方式。

可是，最近在專業經營人士的管理下，大部分的校辦企業改變其原有的經濟體制，轉向大學經由股份公司擁有股票的經營方式。這樣一來，大學下屬的企業可以爲大學提供安定的研究實驗基地，使學生們將課堂上學習到的理論知識應用在實踐當中，提高學生們的研究能力，使他們能夠適應日新月異的科學技術發展趨勢。另外，尙可提高教授們的教育水平，提高大學的知識水準，利用流入企業的利潤改善教育環境。

中國的大學在原來的教育和研究的雙重體制上，新近增加了社會回饋這個新領域，形成了三重結構。爲此，在管理、教育結果、內容、專業、招生、福利等大學教育的各個部門，都需要進行調整和改革。

現在，中國的大學正在積極推動科學技術企業的設立，也正在向世人顯示著大學調整與改革的新方向。在科學技術與經濟的結合上，大學的作用益發重要。

六・中國的朝鮮半島政策

徹底維持等距，以維持和平取代統一

引領北韓改革開放，強化世界地位

由於朝鮮半島地理位置的特殊性，使其一直是中國對外政策中最優先考慮到的對象。北韓不僅與中國擁有共同的邊境線，而且還位於中國最敏感的東北地區。在當年的韓戰中，中國面對各方面都優於自己的國際聯軍，仍然毅然決然地做出「抗美援朝」的決定，也是出於朝鮮半島對中國的特殊地位。

中國現在正積極發展著現代化，因此需要一個極其和平安定的環境。而朝鮮半島方面再次發生軍事衝突，則意味著中國現代化建設的中斷，並很可能因此捲入一場並非出於己願的災難。而這些都意味著中國將付出極大的政治、經濟、軍事，以及外交上的代價。

因此，中國當前的朝鮮半島政策，就是保持安定的環境和擴大其在朝鮮半島的作用。在今天的朝鮮半島上，不僅北韓和韓國雙方各自以大量的重型武裝對峙著，並且美軍也駐紮在區域內。爲了維持朝鮮半島的安定局勢，中國在逐漸失去北韓信任的壓力下，仍然堅持對駐韓美軍保持默許。中國也一直強調與北韓之間簽署的「相互援助條約」不過只是出於戰爭防禦性，並不適用於北韓突然發生戰爭的情況。事實上，中國一直努力避免朝鮮半島戰爭的突發和中國被牽連的可能性。

隨著中國改革開放的逐步深入，中國在朝鮮半島政策的樹立上，考慮到了政治局勢、國家利益、長期目標、對內關注程度、南北韓關係等多種因素之後，對朝鮮半島兩個國家的態度，也逐漸由原來對北韓的一面倒開始向南北韓平等的傾向移動。一九九二年，中國終於決定與韓國恢復正常的外交關係；當時，韓國已經成爲中國主要的交易及投資對象國。國家間密不可分的經濟互補性和依存性等經濟關係，也自然而然地決定了兩國之間密不可分的政治性和戰略性關係。

韓國以經濟發展和北方政策的成果爲基礎，不僅確保了在南、北韓關係和統一問題上的主導權，並且在國際上的地位和作用不斷擴大的過程中，在地區的安定和發展過程中，正發揮著相應的作用，成爲中國對朝鮮半島政策的重要因素之一。

另一方面，爲了防止由於北韓方面的過度固執，而導致朝鮮半島再次發生軍事衝突，中國會繼續採取依存於戰略性資源、介入以及權威等多種手段。這包括引導北韓走上改革開放道路、向北韓施壓以使其放棄核武開發計劃、維持經濟支援、就美國發動軍事行動的可能性向北韓提出警告、主持及促使南北韓會談的進行，以及巧妙地調整南北韓雙方的關係等。

朝鮮半島的政治局勢非常微妙，由於東北亞的國際政治屬性以及朝鮮半島戰略性地位的變化，朝鮮半島重新成爲列強相互牽制的舞台，因此中國也不斷嘗試更加廣泛的戰略性理解與接近方法。中國在強化自身在朝鮮半島的影響力的過程中，意識到槓桿平衡作用的必要性，並開始嘗試對南北韓兩國實施更加現實、徹底的平等接觸。中國會繼續施以巧妙的外交手段，以達到平衡南北韓雙方關係的目的。

中國認爲朝鮮半島的政治局勢動態，會給區域安全和中國的政策產生不可預知的影響，特別是在看到越南和德國以不同方式統一之後，更加堅定了這種看法。中國認爲，無論是越南的一方崩潰式統一，還是德國式的統一，都將帶來區域局勢的混亂和外國勢力的介入。因此，與朝鮮半島的統一相比，中國更加關注和平發展的過程。至少在現在或是統一之前，中國仍然會強調所有相關國家的正常性、依存性的相互關係。

南、北韓對話對於朝鮮半島以及東北亞的和平安定是非常必要的；最近，由於南北對話的良性發展，中國意識到需要做出更多的準備。爲了維持和促進南、北韓對話的進行，中國需要尋找能夠爲南、北韓雙方帶來共同利益的條件。中國明確認識到，爲了形成區域間的安定局勢，必須建立起經濟及政治體系。包括南、北韓兩國在內的多方會談體系，將會在南、北韓對話的促進和區域利害關係的調整方面發揮效用。

北韓經濟、政治的劇烈變化，會對中國的對內目標以及對外戰略產生不利影響。因此，中國期待著北韓能夠謀求合理的變化。中國爲了保障北韓實現軟著陸，而極力引導北韓的改革開放和對外關係的改善。中國目前保持高度的經濟成長狀態，並且不斷擴大與周邊國家的睦鄰友好關係，以及合作關係。在二十世紀末，中國在自身經濟受到嚴重威脅的情況下，犧牲了巨大利益，積極拯救亞洲脫離了金融危機的泥潭。中國已經與以美國爲首的世界列強建立了「二十一世紀建設性的戰略夥伴關係」。這些事例都意味著中國的地區性以及世界性地位的強化。事實上，中國作爲多極世界的一極，已經成爲區域內安定、發展以及新秩序構成過程中的決定性因素。

考慮到本國的利害關係，在朝鮮半島問題上面，中國會繼續發揮其建設性的作用。中國對朝鮮半島的政策將會變得更加接近實用主義。在維持朝鮮半島安定局面和擴大影響力等廣泛的戰略性利益的前提下，建立起能夠繼續發展中、韓關係的基石。現在，中、韓兩國爲了雙方關係的進一步發展，而共同處於歷史性的轉捩點，中、韓兩國都意識到謀求更具未來指向的相互關係的必要性。中、韓關係正在構築多極化趨勢下的共同利益、相互依存性等先天性優越條件。對於中國和韓國，爲了增大相互利益並提高在多極世界的國家地位，應該盡早擴大兩國間廣泛的戰略合作。

以雙贏戰略解決北韓核武問題

撰稿人：劉金芝（北京大學教授）

北京六方會談是否還有可能重新召開？隨著原定於二〇〇四年九月召開的第四輪會談的取消，以朝鮮半島非核化爲議題的六方會談一直處於飄流狀態。以懷疑韓國也在進行核武開發爲理由而拒絕參加六方會談的北韓，仍然沒有改變其固執的態度。由於會談沒能如期在美國總統大選之前召開，實際上已經中斷了六個月以上，因此，在六方會談沒有得到任何成果的狀態下，批評六方會談的無用論又開始抬頭。

這個問題應該如何解決呢？現在最緊要的問題，就是將北韓所謂的「核武開發計劃」牢牢地固定在「多方會談」這個形式和框架之內，保證在國際世界不會發生任何突發事件，並在可以預測的範圍內進行調整。爲了達到這種目的，會談各方都需要保持耐心。

中國的立場非常明確，北韓只有放棄核武開發計劃才是唯一的解決方案，也是北韓的唯一出路。但是，在解決問題的過程中，美國和國際社會要滿足北韓提出的正當國家利益和安全保障要求。不能孤立北韓，而必須將北韓拉回到國際社會，使其逐漸適應國際社會的規則。北韓現在錯誤地認爲，只有依靠核武以及常規武器等軍事力量，才能夠保障國家安全，因此採取極其強硬和固執的態度。所以，其他與會國有義務說服北韓，使其明白應該在國際共存和合作的環境當中確保國家安全，而這種環境必須由周邊國家和國際社會共同創造。

爲了使這些變得可能，美國、北韓以及國際社會不應該將北韓核武問題看成是「零和遊戲」，而應該使其成爲所有人都是勝利者的「雙贏遊戲」。無論是美國還是北韓，如果仍然抱持冷戰前的思維方式，那麼要達成雙贏則近乎天方夜譚。美國仍然沒有拋棄「北韓是否會成爲第二個利比亞」的想法。可是，北韓與利比亞完全不同，無論從地理位置、國家狀況、國家勢力等方面，兩個國家都沒有相同之處。

北韓核武問題與東北亞和周邊各國的安全以及國家利益緊密相連。作爲冷戰的產物，考慮到冷戰局勢的解體，北韓也應該重新回到國際社會的懷抱。更何況，一旦北韓核武計劃開發成功，將擁有能夠威脅中國國家利益和安全的破壞力，而如果眞的面臨這種局勢，中國又怎能袖手旁觀？在北韓問題上，中國一直進行著積極的仲裁，並且爲了建立多方共同參與的安全體系，做出了大量努力。中國已經努力在自己的位置上發揮作用，從未逃避自己的國際責任和地域內責任。

但是，中國的作用是有限的，對於美國和北韓之間的矛盾與糾紛，中國無法全部解決。

中國也不會斷絕對北韓的所有援助，並向其施加壓力。在北韓核武問題上，中國與美國有著戰略性的共同點，也一直維持著一定程度的合作關係。可是，對於北韓，兩個國家的戰略目標從根本上是不一樣的，美國的目標是顛覆北韓政權，而中國則不希望看到這一幕。中國在現代化建設等方面，需要美國的協助，但這並不意味著中國就會屈服於美國的壓力，爲實現其對北韓政策而成爲美國的工具。中國並不會站在美國利益的立場上向北韓施加壓力，更不會掉入美國設計好的陷阱中。中國已經做好充分的準備，不會在這個問題上背負更大的包袱，更不會接受被動性的地位。中國的這種態度，將成爲今後處理北韓核武問題上的主要原則。

七・內容決定一切

「流通業也是韓流」，東方CJ抓住中國中產階層的心

「電視推銷員」等韓國服務模式的成功

韓流，是不斷繼續，還是淪爲一時的流行？清華大學的博士研究生申惠善同學在二〇〇一年十月，對中國的兩百零三名青少年進行了關於韓流的問卷調查，其結果十分有趣。喜歡嘻哈、現代街舞等韓國大眾音樂的中國青少年，同時也非常喜歡美國的POP音樂。中國的青少年並沒有因爲對韓國大眾音樂的癡迷，而忽略了現代音樂的鼻祖——美國音樂。正如韓國一九八〇至一九九〇年代掀起的瘋狂崇拜香港明星的熱潮一樣，韓流在中國也只不過是中國青少年尋找現代音樂源頭的過渡期而已。

如果韓國不想僅成爲一時的流行，那麼就必須對已經局限在音樂、舞蹈以及電視劇中的韓流內容進行擴張。在這種意義下，東方CJ電視購物的成功，和LG電子中央電視台電視節目「金蘋果」超旺的人氣，充分展示了韓國大眾文化的多元化滲透力量。我們來到最有可能站在韓流延長線上的「東方CJ電視購物」錄影棚。「韓流將由東方CJ電視購物延續下去」，如果說韓國的大眾文化「迷惑」了中國年輕的一代，那麼東方CJ電視購物的銷售模式，則緊緊抓住了中國的中產階層消費者。

位於上海的東方CJ電視購物錄影棚。隨著PD的一聲「開始」，電視推銷員李嘉就用宏亮的嗓音介紹起今天的商品——Iriver MP3播放器。當資料畫面一出現在螢幕上，他就將MP3的產品特性整理得清楚明白。而當攝影機再次轉向李嘉的時候，他就直接拿起商品，一邊展現在錄影機前，一邊對產品的使用方法進行說明。沒有事先準備好的劇本，只是在攝影之前，利用生產廠商傳來的基礎資料和在網路上查到的競爭企業的產品資訊，比較了MP3播放器的優缺點後，配合著攝影時的現場氣氛，有選擇性地介紹產品的資訊。使人感到親近的外貌和出色的語言才華，使得李嘉在女性消費者中大受歡迎，並成爲中國電視購物行業當之無愧的第一號電視推銷員。結束了一個小時左右的錄影之後，李嘉帶著笑容離開了攝影棚。

CJ電視購物，是韓國CJ電視購物與中國民營電視台——上海文廣新聞傳媒集團（SMG）合資兩千萬美元建立起來的，在一切準備就緒之後，於二〇〇四年四月一日進行了首播。東方CJ電視購物推銷的第一件商品是OLYMPUS的數位相機，並獲致了空前的成功。以上海市、江蘇省等主要城市的五百八十萬戶居民爲對象，積極利用韓流明星全智賢的廣告形象，牢牢地抓住消費者的心，僅僅一個小時就銷售了一百二十部。這也等於平均一分鐘就賣掉兩部數位相機，而每部數位相機四百七十五美元的價格，相當於中國大學生剛就業時的月薪。同樣地，每部價格高達六百二十五美元的JVC錄影機，也在一個小時內賣掉了兩百五十部。首播的第一天就賣掉了近十六萬美元的商品，而東方CJ電視購物的月平均銷售額也達到了兩百五十萬美元。

五十名工作人員建立起的東方CJ電視購物，每天晚上八點到凌晨一點，在東方TV京劇頻道進行約五個小時的播放。由於電視購物具有節目播出與商品銷售處於同步進行的特性，東方CJ的電視推銷以產品資訊、趣味以及對產品的依賴爲基礎，力圖使其更加接近於電視節目的形式。另外，在一般電視購物節目中，根本無法看到電視推銷員站在螢幕前面向觀眾進行產品說明的畫面，而東方CJ卻首先推出了這種活潑的節目形式，這也使得東方CJ與其他電視購物節目形成了差別化。二〇〇三年十月，東方CJ選拔出六名電視推銷員，他們全都是在中國主要的電視台中當過主持人和從事過DJ活動的專業人才。在接受韓國電視推銷的語言表達技巧和舞台表現能力的集中培訓之後，他們扮演構築消費者和企業之間依賴感的仲介者，和產品資訊的傳達者角色，積極地推動中國電視購物行業的前進。

這種電視購物形式在韓國是非常普遍的，但是在中國卻由東方CJ首次推出。一九九五年，電視購物首次進入中國，僅三年後，電視購物的企業數量就遽增至六百餘家。但是以一九九七年爲轉捩點，電視購物企業的成長趨勢開始大幅下降。中國電視購物主要是以在三十秒或一分鐘之內對產品進行簡要的說明之後，向消費者告知訂購電話號碼的Informercial形式。而在資訊與廣告進行結合的電視購物充斥著中國市場的狀態下，東方CJ新穎的推銷形式能夠在短時間內吸引消費者的目光，自然也是順理成章的事情。

東方CJ的代表理事金洪秀先生說：「把在韓國已經得到成功的電視購物模式直接應用到中國市場上，這就是東方CJ成功的秘訣。」當然，在主要以錄播形式爲主的電視播出條件，以及貨款交付方式等與韓國情況不同的部分，需要利用本土化戰略來維持各個環節的順暢連接。

韓國的電視購物節目是以直播形式進行的，因此電視推銷員通常都會利用煽情的話語和誇張的動作進行推銷。但是中國的情況則不同，由於選擇錄播的形式，所以中國的電視推銷員通常都會以介紹產品資訊爲中心進行推銷。由於無法做到像韓國電視購物一樣，在節目播出的過程中，就可以看到產品的訂貨、銷售、庫存情況，因此與「產品賣掉多少，還剩下多少」相比，中國的電視購物更多著墨在「這是一個什麼樣的商品」上面。

另外，由於中國還沒有普遍地使用信用卡，所以貨款通常是在送貨現場由消費者用現鈔一次性付清。時而也有一些消費者會在東方CJ的送貨中心利用現金卡結帳。爲此，東方CJ與配送公司簽定合約，使配送人員不僅擔負起送貨上門的任務，還需要向消費者收取貨款。在播放高價的電腦或錄影機的日子，經常可以看到配送公司的職員們手持點鈔機在送貨處清點數千元鈔票的情景。

金洪秀代表理事還說：「由於公司以中產階層爲主要推銷目標，就算不斷地推出高價的產品，對於這些中產消費者來說，使用現鈔一次性付清貨款仍然不算負擔」，「把在韓國取得成功的電視購物模式恰當地應用在中國本土市場，最終成爲打開中國消費者錢包的力量。」

中國版的「挑戰金鐘」

「自從中國版的挑戰金鐘——『金蘋果』節目推出以來，LG電子樹立起了良好的企業形象。」不久前，採訪小組在北京京物大廈採訪了LG電子中國分社的孫振方社長，他用一句話說明了韓國文化的威力。孫振方社長說：「LG電子支持的中央電視台的『LG行動電話金蘋果』娛樂節目，使『數位企業LG』的形象深深地植入年輕消費層的心中。」

「金蘋果」節目於每個星期六下午一點四十分在中央電視台播出，節目大約進行一個小時左右，是由大學生參與的智力競賽節目。LG電子已經支持了兩年多的「金蘋果」的節目形式，完全按照韓國KBS-1TV的「挑戰金鐘」的娛樂節目，只是參與對象換成中國大學生。

孫振方社長說：「二〇〇二年下半年，LG電子計劃推出新一代行動電話。而在這之前，如何使LG擺脫白色家電的企業形象，從而樹立起『數位企業LG』形象，則成爲最大的難題，而解決這個難題的正是韓國的電視節目。」

LG電子利用中國電視節目可以使用企業名稱的優勢，向中央電視台方面提出該公司提供經濟支援，以製作一個嶄新的電子節目的方案。爲了向中國消費者傳遞一個富有朝氣的企業形象，雙方協定將韓國電視節目「挑戰金鐘」和「出發夢幻隊伍」兩個節目形式進行適當的加工，製作出嶄新的電視節目，這個節目的名字也被定爲「LG行動電話金蘋果」。

金蘋果節目製作小組每週都會到不同的大學校園，將年輕大學生們進行體力、智力競賽的情景錄製成娛樂節目。到現在爲止，金蘋果已經在包括清華大學和北京大學在內的七十多所學校進行了節目錄製。對於解答出五十道既定題目的學生，將給予金蘋果的獎勵。爲了得到這個莫大的榮譽，參賽的學生們首先需要參加攀岩、走鋼絲、穿越障礙物等體力測驗，而通過了第一道關卡的五十名學生，才有資格以競爭者的姿態參加智力競賽，力爭成爲最後一名生存者。

這個充分表現出中國年輕一代朝氣蓬勃的競賽遊戲節目，也使得LG電子的企業形象大幅上升。正如「挑戰金鐘」在韓國受到高度的歡迎一樣，「LG行動電話金蘋果」也得到了眾多中國電視觀眾的喜愛。「金蘋果」在中央電視台僅僅播放了兩個星期，就在四百多個節目中高居收視率第十五位，取得了燦爛的成果。

孫振方社長說：「由於『金蘋果』的受歡迎度空前旺盛，申請上節目的大學已經到了排隊等待的程度。」「這種電視節目模式也可以看成是一種韓流，而這種韓流對亟需在中國建立起良好的企業形象的韓國企業，也發揮了相當積極的作用。」

三星集團和SK集團也以支援獎學競賽節目的方式，將韓國受歡迎度旺盛的娛樂節目形式改編之後，做成符合中國觀眾口味的電視節目，在中國年輕階層大受歡迎。

八・力圖將中國標準定爲世界標準

以市場優勢為本錢，「技術標準要配合我們」

試圖利用「中國技術標準」作為市場防禦戰略

標準是另一個技術戰爭的題材，與純粹的技術優勢相比，技術標準的形成更加依賴市場。在這個方面，中國已經建立起市場優勢，並開始以自身的技術標準作爲重要的市場防禦戰略。發生在一九七六年的新力公司和松下公司的VTR標準戰爭，也被作爲重要的案例收錄在經營學理論中。當時，日本電子企業的兩大競爭對手新力公司和松下公司，分別將各自的VTR技術標準規格Beta和VHS投入市場。雖然在技術方面新力的Beta方式要比松下更加先進，但是由於松下公司調整技術的互換性，而將該公司的技術公開給其他家電企業，從而全面掌握了VTR市場。一九八〇年代末期，在電腦的標準制定上，IBM和蘋果電腦也展開了一場肉搏戰。一九九〇年代中期，微軟公司的Microsoft Internet Explorer和網景在網路瀏覽器（Web Browser）市場展開了標準戰爭。

就在最近，在家庭網路（Home Network）營運體系上，微軟將晶片領域的「英特爾技術」和半導體、家電領域的三星捆綁在一起，構築起自己的標準體系。而新力和恩益禧、松下等十六家日本電子公司與IBM結成聯合體，大力擴展LINUX系統的普及度。在下一代DVD標準方面，東芝、恩益禧的HD DVD與新力、松下、戴爾、三星等十二家公司的「藍光DVD標準」聯軍，也預示著將有一場大戰。

當一種特定技術被採納為國際標準時，將成為確保彼此相容性的必要因素，它不僅能夠使自身在市場競爭中佔據有利位置，還相當於擁有了一座向全世界出口自身技術的堅固堡壘。因此，在最近尖端技術的競爭中，標準不再是選擇的問題，而成為生存的問題，標準的力量已經成為能夠左右國家及企業競爭力的核心因素。

行動通信大致可分為歐洲方式和美國方式，而技術因為不斷進步，也可以分為第一代、第二代、第三代等。歐洲方式的發展進程是從GSM—GPRS—WCDMA，而美國方式則是CDMA（IS-95A/B）—CDMA2000（1x）—CDMA2000（1xEV-DO）— CDMA2000（1xEV-DV）等階段。第三代行動通信，通常指的是WCDMA和CDMA2000。以超高速行動通信網路爲基礎，整合有線／無線通信服務體系，構築起新一代核心網路的第三代（3G）行動通信服務，就是指將文字、語音、圖形、圖像等多種資訊，在具有行動性的寬頻多媒體環境中，進行複合性傳遞的服務。

向第三代行動通信轉換，意味著新興行動通信市場的擴大，這自然也引起了相關國家以及各家行動通信公司的高度重視。到目前爲止，中國行動電話的使用者中，六十四%左右使用的是歐洲式GSM手機。從一九九〇年代中期開始形成規模的中國行動通信市場，並沒有達到政府預期的要求。在給予巨大市場的同時，中國並沒有得到相應的技術轉讓，白白讓摩托羅拉、諾基亞等歐洲式手機製造企業從中國捲走了大量的利益。

隨著CDMA方式的引進，中國開始要求徹底的技術轉讓。除了摩托羅拉公司以外，其他所有企業都必須與中國企業進行合作，並參與競標。同時，中國在下一個階段開始製造自己的行動通信技術標準。對此，中國的座右銘是「大量使用就是標準」。

在這種背景下，作爲中方主力登場的公司就是「大唐通信」。大唐通信的原名是「大唐電信科技股份有限公司」，是隸屬於中國資訊產業部的電信科學技術研究院全力建立起的高科技企業。中國政府將大唐通信指定爲中方的開發者，並開始積極地爲其尋找能夠給予技術支援的海外合作夥伴。易利信、摩托羅拉、諾基亞等世界頂級的行動通信設備製造廠商，都拒絕與大唐通信的合作要求。這時，作爲「救世主」姿態出現的則是德國的西門子公司。西門子公司向大唐通信派遣了一百二十多名研究人員，終於幫助其完成了TD-SCDMA（時分同步碼分多址接入裝置）的設計，並被國際電信指定爲第三個標準。

隨著中國獨自開發出的第三代（3G）行動通信標準——TD-SCDMA技術，在通話實驗等方面均獲致了成功，使得情況亦隨之發生急遽的轉變。亦即，這期間在中國獨自進行技術開發的過程中，一直冷眼觀望的外國通信公司不僅感到深深的悔意，並且爲了TD-SCDMA技術和裝備的開發，爭先恐後地加入投資的行列當中。這包括諾基亞、摩托羅拉、飛利浦、意法半導體、三星電子、LG通信等多家外國公司。

特別是隨著與大唐合作進行3G手機研發的T3G公司的成立，世界各大通信公司對TD-SCDMA的投資進入了白熱化狀態。最近，中國政府將第三代行動通信研發企業的選定日期無限期延後，也是因爲TD-SCDMA的商業化還無法達到令政府滿意的程度，從而給予大唐通信更多的時間。這一系列行動也充分說明，中國將不會再把行動通信這塊龐大的市場讓給別國企業的強烈意志。

以大唐通信爲中心，在南方高科、華立、華爲、聯想、中興、中國電子（CEC）、普天等中國國內通信裝備研發企業的共同參與下，中國政府成立了TD-SCDMA產業聯盟，以應對將來可能發生的行動通信業的正面戰爭。另一方面，還成立起由中國行動通信、中國電信、中國聯通等國內通信營運公司，和摩托羅拉、西門子、高通、北電等四百多家外國企業，共同參與的TD-SCDMA論壇，以擴大外緣。並將爲全世界的通信公司、裝備供應商、研發機關、教育機關、標準化組織，以及其他相關企業或團體提供技術交流和合作。

到二〇〇六年爲止，中國政府在第三代（3G）行動通信發展上的投資總額將達到兩百九十五億美元，從中國政府決定第三代行動通信標準的那一刻開始，第三代行動電話將以驚人的速度在中國國內得到廣泛的普及，由此創造出的新興經濟需要效果可以達到每年一百二十兆美元。就在二〇〇二年，中國國內的手機使用者還不過兩億六千九百萬人，可是到了二〇〇六年將突破四億人。在最近由中國資訊產業部下屬研究所發表的關於行動通信的報告書中，直接闡述的數值就是中國政府爲什麼強調獨家標準重要性的理由。

開發新DVD的獨步標準

二〇〇四年三月，三星電子江蘇工廠遇到了前所未有的困難。三星電子在江蘇工廠生產的主打產品——迅馳筆記型電腦的生產和出口陷入可能被強行中斷的危機。而這次事件的主要原因，就是中國與美國的技術標準戰爭。由於中國方面宣布從二〇〇四年六月一日起，所有在中國國內銷售的電腦、手機、無線網路應用產品，都必須義務遵守中國獨家開發的無線介面技術標準（WAPI）。而對此心生不滿的英特爾公司則強硬地表示，將中斷對中國的迅馳晶片組的供應，從而使戰火燃燒到毫不相干的地方。

如果晶片組的供應被中斷，那麼筆記型電腦的生產成本就會大幅上升，從而造成市場競爭力的下降。幸虧兩國間的無線標準技術協商，於四月二十一日及時得到了相互諒解，使得電腦生產廠商暫時得到喘息的機會。可是從此以後，中國開始大肆揮舞著「技術標準」的寶刀，殺進尖端技術市場。就是無線介面的案例，中方也沒有撤回規定，而只是延長了執行期限。中國西電捷通已經開發出WAPI無線網路協定，並且中國第一、二位的電腦製造廠商聯想集團和方正科技電腦公司，也開發出了採用中國獨家規格的電腦產品。

中國雖然是世界最大的電子產品製造國，但核心技術仍然需要依靠外國。中國的DVD播放器製造廠商，在每台機器上都需要向日本以及歐洲等擁有相應專利權的國家支付三・五至五美元不等的專利費。爲了避免永久性交付這筆專利費，中國長期以來，一直致力於以世界市場爲目標的獨家標準的研發。二〇〇三年十一月，中國推出新的DVD獨家標準，以代替世界圖像壓縮標準——MPEG2。中國方面宣布，已經採用了中國的E-World和美國的On2共同開發的EVD（Enhanced Versatile Disc）爲新的國家標準。由此，中國成爲第一個擁有獨家圖像壓縮標準的國家。

二〇〇三年二月，中國宣布數位電視的標準採納將無限延期。據中國經濟報紙透露，原定於二〇〇三年十一月底發表的DVD標準方式的選定結果，由於中國方面無法在美國的

ATSC方式、歐洲的DVB-T方式，以及清華大學和上海交通大學各自開發出的多種方式中，決定採納哪一種作爲標準傳遞方式，而進入無限期的評審階段。也有消息說，是由於中國試圖想以清華大學開發出的方式作爲最後選擇，但由於在技術方面還未達到成熟狀態，因此被無限期延期。中國方面設定的目標是到二〇〇五年DTV使用者超過三億人，到二〇一〇年爲止，在全國範圍內播放數位電視節目。

同月，中國標準化委員會（SAC）爲了在急速成長的電子射頻識別（RFID）領域中制定出國家標準，而成立了專家小組，顯示出中國對於流通、物流革命的核心技術——電子射頻識別技術的獨家標準化設定，擁有著強烈的意志。二〇〇三年夏，由Legend、TCL、康佳等二十二家中國家電企業結成的家庭網路（Home Network）標準工作組，結束了基礎作業，並在二〇〇四年初發布了無線網路協定一．〇版。中國政府爲了在家庭網路領域也建立起國際標準，而從「數位家庭工作集團」（DHWG）中脫離出來，積極促進獨家的家電和通信無線網路協定的制定。

經商社匯 17

INK PUBLISHING

解讀中國的未來

編　　著　首爾新聞特別採訪小組
譯　　者　盧鴻金
總 編 輯　初安民
責任編輯　陳思妤
美術編輯　張薰芳
校　　對　呂佳真

發 行 人　張書銘
出　　版　INK印刻出版有限公司
台北縣中和市中正路800號13樓之3
電話：02-22281626
傳真：02-22281598
e-mail : ink.book@msa.hinet.net
網　　址　舒讀網http://www.sudu.cc

法律顧問　林春金律師
總 代 理　展智文化事業股份有限公司
電話：02-22533362・22535856
傳真：02-22518350
郵政劃撥　19000691 成陽出版股份有限公司
印　　刷　海王印刷事業股份有限公司

出版日期　2006年11月 初版
ISBN 978-986-7108-80-7
986-7108-80-9
定價　300 元

國家圖書館出版品預行編目資料

解讀中國的未來
／首爾新聞特別採訪小組 編著；盧鴻金 譯
--初版，--臺北縣中和市：INK印刻，
2006〔民95〕面；　公分（經商社匯：17）

ISBN 978-986-7108-80-7（平裝）
1.經濟發展-中國
552.2　　95018982

K INK INK INK INK INK INK
INK INK INK INK INK INK IN
K INK INK INK INK INK INK
INK INK INK INK INK INK IN
K INK INK INK INK INK INK
INK INK INK INK INK INK IN
K INK INK INK INK INK INK
INK INK INK INK INK INK IN
K INK INK INK INK INK INK
INK INK INK INK INK INK IN
K INK INK INK INK INK INK
INK INK INK INK INK INK IN
K INK INK INK INK INK INK
INK INK INK INK INK INK IN
K INK INK INK INK INK INK
INK INK INK INK INK INK IN
K INK INK INK INK INK INK
INK INK INK INK INK INK IN
K INK INK INK INK INK INK
INK INK INK INK INK INK IN
K INK INK INK INK INK INK
INK INK INK INK INK INK IN
K INK INK INK INK INK INK
INK INK INK INK INK INK IN